# Oliver Michaelis


# ManiCore

## Folge 02:

## Die Vertragsverhandlung

**Bibliographische Informationen der Deutschen Bibliothek**

Die Deutsche Bibliothek verzeichnet diese Publikation in der Deutschen Nationalbibliografie; detaillierte bibliografische Daten sind im Internet unter http://dnb.ddb.de abrufbar



© m! – Michaelis Verlag | Köln und Düsseldorf 2024
e-mail:     info@michaelis-verlag.com
website:   www.michaelis-verlag.com

ISBN:  978-3-86463-129-0   (Hardcover)
ISBN:  978-3-86463-125-2   (Softcover)
ISBN:  978-3-86463-124-5   (eBook)

m!

Deutsche Erstausgabe            1. Auflage 2024
Stand:                          13.10.2024

Satz und Gestaltung:            m! - Michaelis Verlag, Köln und Düsseldorf

Druck und Weiterverarbeitung:   amazon Printing

Gedruckt auf säurefreiem und alterungsbeständigem Papier.
Archivbeständig nach ANSI 3948 und ISO 9706.

In *„ManiCore – Folge 02: Die Vertragsverhandlung"* wird es noch verrückter.

Nachdem Dr. Victor Falk seine exzentrischen Bewerber durch absurde Bewerbungsgespräche geführt hat, steht nun der nächste Schritt an: die Vertragsverhandlungen. Doch wer glaubt, hier ginge es um trockene Details und juristische Klauseln, der irrt gewaltig.

Dr. Falk, der sich weiterhin als CEO der mysteriösen ManiCore Group sieht, steht vor schrägen Herausforderungen: Eine Business Analystin fordert magische Bonuszahlungen für die Teilnahme an fantastischen Sportwettkämpfen, ein Chief Legal Officer möchte keine Titel führen, fordert jedoch handgeschriebene Visitenkarten mit einem Doktortitel, den er nie benutzt, und eine Marketingexpertin fordert magische Zusatzversicherungen, um sich gegen unerwartete Effekte ihrer Traumweberei abzusichern. Es geht um Summen, die auf zauberhafte Art und Weise verhandelt werden – mit Begründungen, die direkt aus der Märchenwelt stammen.

Während die Gespräche immer absurder werden und die magischen Anforderungen der Bewerber steigen, wird Dr. Falks Kontrolle über die Situation zunehmend surreal. Er genehmigt höhere Budgets für magische Kristalle, diskutiert über den Einsatz von Dimensionsspringern und genehmigt märchenhafte Altersvorsorgeprogramme. Doch hinter den skurrilen Verhandlungen verbirgt sich mehr: die allmähliche Erkenntnis, dass seine vermeintliche Führung in Wirklichkeit Teil eines therapeutischen Rollenspiels ist – oder steckt da doch mehr hinter?

*„ManiCore – Folge 02: Die Vertragsverhandlung"* setzt dort an, wo der erste Teil endete – an der Schnittstelle zwischen Fantasie und Realität.

Mit groteskem Humor und skurrilen Figuren entfaltet sich eine Geschichte über Macht, Selbstbetrug und die skurrile Welt von Dr. Falks Fantasien. Doch auch diesmal bleibt die Frage: Wie viel davon ist real, und wie viel nur ein Konstrukt seines wahnhaften Geistes?

Bereiten Sie sich auf eine surreale Reise vor, die die Grenzen des Alltäglichen sprengt!

Inhaltsverzeichnis

**Ort:** Flur der ManiCore Group

**Zeit:** Dienstag, 08.10., 09:50 Uhr

*(Dr. Victor Falk eilt durch den langen, hell erleuchteten Flur. Seine Schritte sind zügig, aber nicht hektisch. Sein Anzug sitzt gut, doch seine Krawatte ist leicht verrutscht und der Hemdkragen steht offen, als hätte er vergessen, sich richtig zurechtzumachen. Während er geht, schaut er immer wieder nervös auf seine Armbanduhr. Die Zeit drängt. Der Flur wirkt steril und ruhig, das leise Ticken der Uhr am Ende des Gangs verstärkt die Stille.)*

1.    **Dr. Victor Falk** *(leicht murmelnd, während er geht, ein besorgtes Lächeln auf den Lippen):*
„Habe ich ihnen gesagt, dass sie heute wiederkommen sollen? Oder... habe ich das vergessen? Nein, nein, ich habe es bestimmt erwähnt... oder habe ich nur daran gedacht?"

*(Er bleibt stehen, runzelt die Stirn, als er versucht, sich an das Vorstellungsgespräch zu erinnern. Sein Blick wandert über die leeren Wände, während er die Antwort in seinem Gedächtnis sucht. Plötzlich durchzuckt ihn ein Gedanke.)*

**2.** **Dr. Victor Falk** *(lächelnd, leicht erleichtert):*

„Moment mal... Ich hab doch einigen von ihnen direkt gesagt, dass sie den Job schon haben! Stimmt ja! Sie wissen es... na ja, die meisten zumindest."

*(Er seufzt tief, um sich selbst zu beruhigen. Ein Funken Ruhe kehrt in seine Augen zurück, doch er bleibt wachsam.)*

**3.** **Dr. Victor Falk** *(sanft, ein wenig zuversichtlicher):*

„Und es stand ja alles in der schriftlichen Einladung... Die Roadmap war doch klar... sie werden kommen. Das beruhigt mich. Sie müssen es wissen."

*(Er fährt sich sanft mit der Hand über die Stirn und atmet tief durch. Er richtet schnell seinen Hemdkragen und seine Krawatte. Er überprüft im Spiegel am Ende des Flurs sein Aussehen und nickt zufrieden. Nun sitzt alles perfekt – wie es sich für einen Chef gehört.)*

**4.** **Dr. Victor Falk** *(entspannter, fast triumphierend):*

„Natürlich wissen sie es... Schließlich stand ja alles in der Roadmap. Warum mache ich mir nur so viele Gedanken?"

*(Er geht weiter, diesmal etwas langsamer, sein Gang ist nun selbstbewusster. Als er die Türklinke seines Büros*

*erreicht, bleibt er kurz stehen. Er holt noch einmal tief Luft und glättet vorsichtig die Krawatte.)*

5.     **Dr. Victor Falk** *(mit einem leichten Schmunzeln, beruhigt sich selbst):*
„Alles wird gut. Ich habe alles im Griff. Sie wissen, dass ich mich auf sie freue... Ich bin bereit, sie sind bereit... also auf geht's."

*(Er öffnet die Tür zu seinem Büro. Der Raum ist perfekt vorbereitet: Der große Eichentisch steht in der Mitte, die Stühle sind ordentlich darum herum aufgereiht. Alles ist bereit für das große Meeting.)*

6.     **Dr. Victor Falk** *(flüsternd, erleichtert):*
„Ja, sie werden kommen... Wer würde sich so eine Chance entgehen lassen? Sie wissen, dass ManiCore das Beste für sie ist."

*(Er geht zu seinem Schreibtisch und nimmt die vorbereiteten Unterlagen zur Hand. Seine Hände zittern nicht mehr, sondern bewegen sich sicher und ruhig. Dr. Falk wirft einen Blick auf die Uhr – es ist fast 09:56 Uhr. Er lehnt sich zurück, atmet tief ein und lächelt leicht.)*

7.     **Dr. Victor Falk** *(flüstert sich selbst zu, zufrieden):*
„Fünf Minuten... Fünf Minuten, um mich zu sammeln. Alles wird perfekt laufen."

*(Während Dr. Falk in seinen Unterlagen blättert, tauchen im Flur die anderen Teilnehmer wieder auf, wie aus dem Nichts. Sie kommen ruhig aus ihren Verstecken und setzen sich still auf die Stühle vor dem Besprechungsraum, bereit für die nächste Runde.)*

8.  **Dr. Victor Falk** *(setzt sich an seinen Schreibtisch und nimmt ein magisches Kommunikationsgerät zur Hand und wählt eine Nummer):*
    „Frau Schmidt, hier ist Dr. Falk. Haben die Kameras gestern alle komplett funktioniert? Wurde alles aufgezeichnet? Und sind die Aufnahmen von gestern perfekt geworden?"

9.  **Frau Schmidt** *(am anderen Ende der Leitung, professionell und beruhigend):*
    „Guten Morgen, Herr Dr. Falk. Ja, alle Kameras sind vollständig funktionsfähig. Die Aufnahmen von gestern sind ausgezeichnet gelungen – alles sieht sehr natürlich aus. Keiner hat anscheinend etwas bemerkt, und die Aufnahmen sind sehr authentisch."

10. **Dr. Victor Falk** *(erleichtert, aber fokussiert):*
    „Das ist großartig zu hören, Frau Schmidt. Besonders wichtig ist die Tonspur – sie ist entscheidend für unsere Präsentationen, aber wir benötigen sie noch nicht sofort. Heben Sie diese bitte gut auf. Die Bilder sind jedoch der

Schlüssel und ich bin froh, dass sie perfekt geworden
sind."

**11.   Frau Schmidt** *(beruhigend und detailliert):*
„Verstanden, Herr Dr. Falk. Wir haben die Tonspur
separat gespeichert und warten auf Ihre Freigabe. Alles
ist bereit, wenn Sie es sind."

**12.   Dr. Victor Falk** *(erleichtert):*
„Ja, ich sage Ihnen dann Bescheid. Aber könnten sie es
bitte noch bewirken, dass die Kameras heute leicht
verstellt werden."

**13.   Frau Schmidt** *(nachfragend):*
„Wie meinen Sie?"

**14.   Dr. Victor Falk** *(überlegend):*
„Wir müssen die Kameras so nachjustieren, dass die
eine Ecke da hinten nicht sichtbar ist. Dort muss ein
blinder Fleck sein. Das muss man aber auch merken.
Der Sichtwinkel muss aber so eingestellt werden, dass
man fast alles sieht – nur nicht diesen einen kleinen
Bereich. Aber man muss das auch akzeptieren und eine
Korrektur unterlassen, da man ja sonst fast alles vom
Raum hier sieht."

**15.   Frau Schmidt** *(beruhigend und detailliert):*
„Verstanden, Herr Dr. Falk. Ich werde das veranlassen.

Es gibt allerdings noch etwas anderes, worüber wir sprechen müssen."

16. **Dr. Victor Falk** *(neugierig):*
„Ja, ich höre?"

17. **Frau Schmidt** *(beruhigend):*
„Die Technik-Abteilung hat mir aufgetragen, Ihnen mitzuteilen, dass das aktuelle Budget bereits überschritten ist und sie eine Erhöhung benötigen, um einige zusätzliche, aber notwendige Erweiterungen vornehmen zu können."

18. **Dr. Victor Falk** *(überrascht, aber interessiert):*
„Ein höheres Budget? Wofür denn jetzt schon wieder?"

19. **Frau Schmidt** *(enthusiastisch und detailliert):*
„Für den ManiChrono. Den Dimensionenspringer."

20. **Dr. Victor Falk** *(focussiert):*
„Verstehe. Unser Sprungportal ist enorm wichtig. Ich gebe alles frei, was notwendig ist."

21. **Frau Schmidt** *(erleichtert und dankbar):*
„Vielen Dank, Herr Dr. Falk. Ich werde sofort die notwendigen Genehmigungen einholen und sicherstellen, dass die Technikabteilung die zusätzlichen

Mittel erhält. Alaric Spellwright wollte sie auch nochmal
kontaktieren dazu."

22.  **Dr. Victor Falk** *(lächelt zufrieden):*
„Perfekt. Ich vertraue blind auf sein Urteilsvermögen,
Frau Schmidt. Lassen Sie mich wissen, falls Sie weitere
Unterstützung benötigen."

23.  **Frau Schmidt** *(freundlich):*
„Gern geschehen. Ich halte Sie auf dem Laufenden."

*(Dr. Falk legt den Hörer auf, atmet tief durch und richtet
sich wieder an seinen Schreibtisch. Ein Gefühl der
Erleichterung breitet sich in ihm aus. Er blickt noch
einmal auf die Uhr und sieht, dass es genau 10:00 Uhr
ist. Mit einem letzten tiefen Atemzug beginnt er, die
Unterlagen für das Meeting vorzubereiten.)*

24.  **Dr. Victor Falk** *(selbstbewusst, zuversichtlich):*
„Jetzt kann es losgehen. Alles ist bereit. Zeit, diese
neuen Talente zu begrüßen und unser Team zu stärken."

*(Er lehnt sich zurück, lächelt zufrieden und konzentriert
sich auf die bevorstehenden Gespräche. Der Raum füllt
sich langsam mit Energie und Erwartung, während Dr.
Falk sich auf einen erfolgreichen Tag vorbereitet.)*

**Ort:** Büro der ManiCore Group

**Zeit:** Dienstag, 08.10., 10:00 Uhr

*(Dr. Falk sitzt an seinem Schreibtisch, umgeben von einem chaotischen Stapel von Dokumenten und Aktenordnern. Er wühlt sich durch die Papiere, auf der Suche nach den Unterlagen der Bewerber. Sein Blick fällt auf den ersten Namen: „Frau Ganter". Er lächelt leicht, als er sich an ihr Vorstellungsgespräch erinnert.)*

1.    **Dr. Victor Falk** *(leise, zu sich selbst):*
„Ah, Frau Ganter... Ja, sie war die Erste. Sehr beeindruckend."

*(Er wirft einen kurzen Blick auf seine Armbanduhr, greift dann zum Telefonhörer, zögert kurz und entscheidet sich stattdessen, sein Headset aufzusetzen. So hat er die Hände frei, um weiter in den Unterlagen zu blättern. Er wählt die Nummer von Frau Ganter.*

*Im Wartebereich vor seinem Büro sitzt Frau Ganter auf einem Stuhl, nervös ihr Handy in der Hand drehend. Als ihr Telefon klingelt, schaut sie auf das Display und sieht „Dr. Falk" als Anrufer.)*

2. **Frau Ganter** *(überrascht, aber höflich):*

„Guten Morgen, Lydia Ganter am Apparat.“

3. **Dr. Victor Falk** *(freundlich, enthusiastisch):*

„Guten Morgen, Frau Ganter! Dr. Falk hier von der
ManiCore Group. Ich hoffe, ich störe Sie nicht?“

4. **Frau Ganter** *(leicht verlegen):*

„Oh nein, gar nicht, Herr Dr. Falk. Ich bin... zufällig
gerade in der Nähe.“

5. **Dr. Victor Falk** *(lächelnd):*

„Das trifft sich gut. Ich wollte Ihnen mitteilen, dass wir
uns freuen würden, Sie in unserem Team begrüßen zu
dürfen. Herzlichen Glückwunsch!“

6. **Frau Ganter** *(freudig überrascht):*

„Oh, das ist ja wunderbar! Vielen Dank für diese
Gelegenheit. Ich freue mich wirklich sehr.“

7. **Dr. Victor Falk:**

„Vielleicht hätten Sie Zeit, heute noch vorbeizukommen,
um die Details zu besprechen?“

8. **Frau Ganter** *(schaut zur Bürotür vor sich, schmunzelt):*

„Aber natürlich. Ich könnte sogar sofort vorbeischauen.“

9. **Dr. Victor Falk** *(leicht überrascht):*

„Oh, das wäre hervorragend. Dann erwarte ich Sie.“

*Während sie noch telefoniert, steht Frau Ganter auf, klopft an die Bürotür und tritt ein. Dr. Falk blickt auf und sieht sie direkt vor sich stehen, das Handy noch am Ohr.*

10. **Dr. Victor Falk** *(verwirrt, legt das Headset ab):*
„Frau Ganter?"

11. **Frau Ganter** *(lächelnd, legt ihr Handy weg):*
„Überraschung! Ich dachte, ich nutze die Gelegenheit und komme direkt vorbei."

12. **Dr. Victor Falk** *(lacht herzlich):*
„Effizienz ist immer willkommen. Bitte, nehmen Sie doch Platz."

*Sie setzt sich auf den Stuhl vor seinem Schreibtisch. Dr. Falk sortiert einige Papiere und blickt sie freundlich an.*

13. **Dr. Victor Falk:**
„Also, Frau Ganter, bevor wir zum Vertrag kommen, gibt es noch ein paar Besonderheiten, über die ich mit Ihnen sprechen möchte."

14. **Frau Ganter** *(neugierig):*
„Besonderheiten? Jetzt bin ich aber gespannt."

15. **Dr. Victor Falk** *(räuspert sich leicht):*
„Nun, wie Sie wissen, ist die ManiCore Group immer an vorderster Front, wenn es um Innovation geht. Wir haben

kürzlich ein sehr spezielles Projekt gestartet, das ein wenig... naja, sagen wir … außergewöhnlich ist."

16. **Frau Ganter** *(interessiert):*

„Das klingt faszinierend. Worum geht es denn genau?"

17. **Dr. Victor Falk** *(vorsichtig):*

„Es mag überraschend klingen, aber wir haben einen kleinen Flugdrachen adoptiert. Sein Name ist Felix."

18. **Frau Ganter** *(verblüfft):*

„Einen Flugdrachen? Meinen Sie das im übertragenen Sinne oder..."

19. **Dr. Victor Falk** *(ernst):*

„Nein, ganz wörtlich. Ein echter, lebendiger Flugdrachen."

20. **Frau Ganter** *(unsicher):*

„Das ist... unerwartet. Und was hat das mit meiner Stelle zu tun?"

21. **Dr. Victor Falk:**

„Als meine persönliche Sekretärin würden Sie gelegentlich die Verantwortung für Felix übernehmen. Er ist ein wichtiger Teil unseres Teams und benötigt besondere Aufmerksamkeit."

22. **Frau Ganter** *(versucht, das zu verarbeiten):*

„Ich verstehe. Und was genau würde diese Betreuung beinhalten?"

23. **Dr. Victor Falk** *(zählt an den Fingern ab):*

„Nun, Füttern, Spielen, ein bisschen Flugtraining, und natürlich darauf achten, dass er nicht versehentlich Dokumente verbrennt."

24. **Frau Ganter** *(besorgt):*

„Verbrennt? Spuckt er Feuer?"

25. **Dr. Victor Falk** *(beschwichtigend):*

„Nur wenn er niest oder aufgeregt ist. Aber keine Sorge, wir haben feuerfeste Möbel und ein Brandschutzsystem der neuesten Generation."

26. **Frau Ganter** *(versucht zu lächeln):*

„Nun, das ist beruhigend."

27. **Dr. Victor Falk** *(ermutigend):*

„Sie werden sehen, Felix ist wirklich ein Herzchen. Er liebt es, wenn man ihm vorliest oder ihm kleine Leckereien gibt."

28. **Frau Ganter** *(leicht überfordert):*

„Ich muss gestehen, ich habe keine Erfahrung mit Flugdrachen."

29. **Dr. Victor Falk** *(zwinkernd):*

„Das hatten wir alle nicht am Anfang. Wir bieten ein umfassendes Drachen-Management-Training an. Es ist sogar recht unterhaltsam. Und ich vermute, der Kollege Vogel könnte sie auch sicher noch sinnvoll bei der einen oder anderen Frage unterstützen."

30. **Frau Ganter** *(versucht optimistisch zu sein):*

„Gut, ich bin immer offen für neue Herausforderungen."

31. **Dr. Victor Falk** *(freut sich):*

„Ausgezeichnet! Ihr Enthusiasmus ist genau das, was wir brauchen."

32. **Frau Ganter** *(denkt nach):*

„Allerdings denke ich, dass diese zusätzliche Verantwortung auch im Gehalt berücksichtigt werden sollte."

33. **Dr. Victor Falk** *(nickt zustimmend):*

„Selbstverständlich. Was hatten Sie denn im Sinn?"

34. **Frau Ganter:**

„Nun, angesichts der besonderen Aufgaben dachte ich an ein Jahresgehalt von 70.000 Euro."

35. **Dr. Victor Falk** *(überlegt):*

„70.000 Euro... Das ist durchaus nachvollziehbar.

Allerdings müssen wir auch die Budgetvorgaben
beachten."

36.  **Frau Ganter** *(lächelnd):*

„Vielleicht könnten wir einen Mittelweg finden?"

37.  **Dr. Victor Falk** *(schlägt vor):*

„Wie wäre es mit 65.000 Euro, plus einigen zusätzlichen
Vorteilen? Zum Beispiel wöchentliche Wellness-Tage,
um den Stress abzubauen."

38.  **Frau Ganter** *(interessiert):*

„Wellness-Tage klingen gut. Aber da ich mich um einen
feuerspeienden Flugdrachen kümmern werde, wäre eine
Gefahrenzulage angemessen."

39.  **Dr. Victor Falk** *(nickt):*

„Ein guter Punkt. Wie wäre es mit einer monatlichen
Gefahrenzulage von 500 Euro?"

40.  **Frau Ganter** *(überlegt kurz):*

„In Ordnung. Und vielleicht könnten wir auch über flexible
Arbeitszeiten sprechen? Damit ich mich besser auf Felix
einstellen kann."

41.  **Dr. Victor Falk** *(zustimmend):*

„Das lässt sich einrichten. Flexibilität ist uns wichtig."

42.  **Frau Ganter** *(lächelt):*

„Dann denke ich, können wir uns darauf einigen.“

43.  **Dr. Victor Falk** *(erleichtert):*

„Hervorragend. Ich freue mich, Sie im Team zu haben.“

*(Plötzlich ertönt ein leises Kratzen an der Tür. Beide drehen sich um.)*

44.  **Dr. Victor Falk** *(schmunzelnd):*

„Ah, das muss Felix sein. Er scheint Ihre Anwesenheit zu spüren.“

*(Die Tür öffnet sich einen Spalt, und ein kleiner, schillernder Flugdrachenkopf schaut neugierig herein. Seine Augen leuchten in verschiedenen Farben, und er gibt ein sanftes Schnurren von sich.)*

45.  **Frau Ganter** *(erstaunt, mit leiser Stimme):*

„Er ist ja wirklich... bezaubernd.“

46.  **Dr. Victor Falk** *(freundlich):*

„Komm rein, Felix. Lern unsere neue Kollegin kennen.“

*(Felix flattert mit seinen schillernden Flügeln in den Raum und landet geschickt auf dem Schreibtisch. Er betrachtet Frau Ganter mit großen, neugierigen Augen.)*

47. **Frau Ganter** *(vorsichtig ihre Hand ausstreckend):*

„Hallo, Felix. Freut mich, dich kennenzulernen.“

*Felix schnuppert an ihrer Hand und reibt dann sanft seinen Kopf dagegen.*

48. **Dr. Victor Falk** *(beobachtet zufrieden):*

„Sieht aus, als hätte er Sie bereits ins Herz geschlossen.“

49. **Frau Ganter** *(erleichtert lächelnd):*

„Das freut mich. Er ist wirklich etwas Besonderes.“

50. **Dr. Victor Falk:**

„Oh ja, er bringt immer wieder Freude in unseren Arbeitsalltag. Übrigens, er liebt es, wenn man ihm kleine Marshmallows gibt.“

51. **Frau Ganter** *(überrascht):*

„Marshmallows? Ein Drache mit süßem Zahn.“

52. **Dr. Victor Falk** *(lacht):*

„Genau. Allerdings sollten Sie darauf achten, dass er nicht zu viele bekommt. Sonst wird er hyperaktiv und fliegt durchs ganze Büro.“

53. **Frau Ganter** *(schmunzelnd):*

„Das werde ich im Hinterkopf behalten.“

54. **Dr. Victor Falk** *(ernster):*

„Es gibt noch eine Sache, die ich erwähnen sollte. Manchmal spielt Felix gerne Verstecken. Wenn er plötzlich verschwunden ist, keine Panik. Er taucht meist wieder auf, wenn man ihm ein Lied vorsingt."

55. **Frau Ganter** *(verblüfft):*

„Ein Lied vorsingen?"

56. **Dr. Victor Falk** *(nickt ernst):*

„Ja, sein Favorit ist 'Der Mond ist aufgegangen'."

57. **Frau Ganter** *(leicht verlegen):*

„Nun, ich bin keine begnadete Sängerin, aber ich werde es versuchen."

58. **Dr. Victor Falk** *(aufmunternd):*

„Das wird er zu schätzen wissen. Und keine Sorge, er ist kein Kritiker."

*(Felix gähnt herzhaft und rollt sich auf dem Schreibtisch zusammen, seine schillernden Schuppen reflektieren das Licht im Raum.)*

59. **Frau Ganter** *(leise):*

„Er scheint sich schon wohlzufühlen."

60. **Dr. Victor Falk:**

„Das tut er. Ach, bevor ich es vergesse, er hat eine

Vorliebe für Geschichten. Vielleicht könnten Sie ihm ab und zu etwas vorlesen?"

61. **Frau Ganter** *(lächelnd):*

„Ich denke, das lässt sich einrichten. Haben Sie besondere Empfehlungen?"

62. **Dr. Victor Falk:**

„Er mag besonders Abenteuergeschichten mit Happy End."

63. **Frau Ganter:**

„Verstanden. Ich werde eine kleine Bibliothek zusammenstellen."

64. **Dr. Victor Falk** *(zufrieden):*

„Perfekt. Dann denke ich, sind alle wichtigen Punkte geklärt."

65. **Frau Ganter** *(zögert kurz):*

„Eine Frage hätte ich noch. Gibt es noch weitere... besondere Mitarbeiter, von denen ich wissen sollte?"

66. **Dr. Victor Falk** *(lächelt geheimnisvoll):*

„Nun, da Sie fragen... Unser Hausmeister ist ein Erfinder, der in seiner Freizeit an Antigravitationsschuhen arbeitet. Aber er ist harmlos."

67. **Frau Ganter** *(schmunzelt):*

„Das klingt nach einer interessanten Belegschaft."

68. **Dr. Victor Falk** *(zwinkernd):*

„Bei uns wird es nie langweilig. Willkommen bei der ManiCore Group, wo jeder Tag ein Abenteuer ist."

69. **Frau Ganter** *(steht auf, reicht ihm die Hand):*

„Ich freue mich auf die Zusammenarbeit, Herr Dr. Falk."

70. **Dr. Victor Falk** *(steht ebenfalls auf, schüttelt ihre Hand):*

„Das tue ich auch, Frau Ganter."

*(Felix hebt den Kopf, schaut zwischen den beiden hin und her und gibt ein fröhliches Schnurren von sich.)*

71. **Dr. Victor Falk** *(blickt zu Felix):*

„Sie sehen, selbst Felix ist begeistert."

72. **Frau Ganter** *(streichelt Felix sanft über den Kopf):*

„Ich glaube, wir werden gute Freunde."

73. **Dr. Victor Falk:**

„Davon bin ich überzeugt. Ach, und bevor ich es vergesse, nächste Woche haben wir unser jährliches Drachenflug-Festival. Es wäre schön, wenn Sie daran teilnehmen könnten."

74. **Frau Ganter** *(erstaunt):*

„Ein Drachenflug-Festival? Das klingt... aufregend.“

75. **Dr. Victor Falk** *(begeistert):*

„Oh ja, es ist ein großes Ereignis. Mitarbeiter bringen ihre eigenen Flugdrachen mit, und es gibt Wettbewerbe und Workshops.“

76. **Frau Ganter** *(überlegt):*

„Nun, ich habe keinen eigenen Flugdrachen, aber vielleicht könnte ich mir etwas einfallen lassen.“

77. **Dr. Victor Falk** *(verschwörerisch):*

„Ich habe gehört, dass Felix gerne neue Tricks lernt. Vielleicht könnten Sie gemeinsam etwas vorbereiten?“

78. **Frau Ganter** *(lächelt):*

„Das wäre eine tolle Möglichkeit, ihn besser kennenzulernen. Ich bin dabei.“

79. **Dr. Victor Falk** *(zufrieden):*

„Ausgezeichnet. Dann steht einem erfolgreichen Start nichts mehr im Wege.“

80. **Frau Ganter:**

„Ich freue mich wirklich sehr auf die kommenden Aufgaben.“

81. **Dr. Victor Falk:**

„Das freut mich zu hören. Falls Sie noch Fragen haben, mein Büro steht Ihnen jederzeit offen. Und denken Sie daran, immer ein paar Marshmallows in der Tasche zu haben."

82. **Frau Ganter** *(lacht):*

„Ich werde es mir merken. Vielen Dank für das Vertrauen."

83. **Dr. Victor Falk:**

„Danke Ihnen für Ihre Offenheit und Ihren Enthusiasmus. Bis bald, Frau Ganter."

84. **Frau Ganter** *(verabschiedet sich):*
„Bis bald, Herr Dr. Falk."

*(Sie macht sich bereit zu gehen, doch dann zögert sie und dreht sich nochmals um.)*

85. **Frau Ganter** *(mit einem schelmischen Lächeln):*
„Eine Kleinigkeit wäre da noch, Herr Dr. Falk."

86. **Dr. Victor Falk** *(hebt eine Augenbraue):*
„Ja?"

87. **Frau Ganter:**

„Wir hatten vorhin über Wellness-Tage gesprochen. Ich denke, ein wöchentlicher Spa-Besuch würde meine

Produktivität erheblich steigern. Gerade bei der
Betreuung von Felix wäre Entspannung wichtig."

88. **Dr. Victor Falk** *(schmunzelnd):*

„Sie haben recht, die Verantwortung für einen
Flugdrachen kann durchaus stressig sein. Ein
wöchentlicher Spa-Besuch klingt angemessen."

89. **Frau Ganter** *(freudig):*

„Wunderbar! Vielleicht könnten wir das im Vertrag
festhalten?"

90. **Dr. Victor Falk** *(nickt):*

„Selbstverständlich. Lassen Sie uns die Details gleich
festhalten."

*(Er nimmt den Vertragsentwurf hervor und ergänzt einige
Punkte.)*

91. **Dr. Victor Falk:**

„Also, 65.000 Euro Jahresgehalt, monatliche
Gefahrenzulage von 500 Euro, wöchentlicher Spa-
Besuch und flexible Arbeitszeiten. Stimmen Sie dem
zu?"

92. **Frau Ganter** *(prüft den Vertrag):*

„Das klingt sehr gut. Allerdings hätte ich noch einen
Vorschlag."

93. **Dr. Victor Falk** *(interessiert):*

„Ich höre."

94. **Frau Ganter** *(mit einem Augenzwinkern):*

„Wie wäre es mit einer jährlichen Reise zu einem
Drachenreservat? Um mehr über Felix' Artgenossen zu
lernen. Das würde sicherlich auch dem Unternehmen
zugutekommen."

95. **Dr. Victor Falk** *(überrascht, aber beeindruckt):*

„Eine interessante Idee. Fortbildung ist immer wichtig.
Ich denke, wir könnten das als berufliche Weiterbildung
verbuchen."

96. **Frau Ganter** *(lächelt):*

„Perfekt. Dann sind wir uns einig?"

97. **Dr. Victor Falk:**

„Absolut. Ich werde das hinzufügen."

*(Er ergänzt den Vertrag erneut.)*

98. **Dr. Victor Falk:**

„So, hier ist der finale Vertrag. Wenn Sie keine weiteren
Anmerkungen haben, können wir ihn nun
unterzeichnen."

99. **Frau Ganter** (nimmt den Stift):

„Ich denke, damit bin ich sehr zufrieden."

*(Sie unterschreibt den Vertrag und reicht ihn Dr. Falk,
der ebenfalls unterschreibt.)*

**100. Dr. Victor Falk:**

„Willkommen an Bord, Frau Ganter."

**101. Frau Ganter:**

„Vielen Dank, Herr Dr. Falk."

**102. Dr. Victor Falk** *(reicht ihr eine Kopie des Vertrags):*

„Hier ist Ihre Kopie. Ich freue mich auf unsere
Zusammenarbeit."

**103. Frau Ganter** *(nimmt die Kopie entgegen):*

„Ich mich auch. Wann soll ich am Mittwoch zum
Onboarding erscheinen?"

**104. Dr. Victor Falk:**

„Kommen Sie doch um 9 Uhr. Dann haben wir genug
Zeit, Ihnen alles zu zeigen und Sie mit dem Team
bekannt zu machen."

**105. Frau Ganter:**

„Sehr gerne. Ich werde pünktlich sein."

*(Felix flattert vom Schreibtisch auf ihre Schulter und
schnurrt zufrieden.)*

106. **Dr. Victor Falk** *(lachend):*

„Sieht aus, als hätte Felix Sie bereits adoptiert."

107. **Frau Ganter** *(streichelt Felix):*

„Das Gefühl beruht auf Gegenseitigkeit."

108. **Dr. Victor Falk:**

„Nun, dann wünsche ich Ihnen einen schönen Tag und
wir sehen uns am Mittwoch."

109. **Frau Ganter:**

„Danke, Ihnen ebenfalls. Auf Wiedersehen, Herr Dr.
Falk."

*(Sie verabschiedet sich und verlässt das Büro, Felix fliegt
zurück auf den Schreibtisch von Dr. Falk.)*

110. **Dr. Victor Falk** *(zu Felix):*

„Na, was sagst du, Felix? Ich glaube, wir haben die
perfekte Unterstützung gefunden."

*(Felix schnurrt zustimmend und pustet kleine
Rauchwölkchen aus.)*

111. **Dr. Victor Falk** *(lächelnd):*

„Ja, ich denke auch."

*(Er lehnt sich zurück und betrachtet zufrieden den
unterzeichneten Vertrag.)*

112. **Dr. Victor Falk** *(zu sich selbst):*

„Alles geht seinen Weg. Mit Frau Ganter an unserer
Seite können wir Großes erreichen."

*(Er steht auf und blickt aus dem Fenster, während die
Sonne hereinscheint.)*

113. **Dr. Victor Falk:**

„Zeit, die nächsten Schritte zu planen."

*(Er setzt sich wieder an den Schreibtisch und beginnt,
konzentriert zu arbeiten, während Felix gemütlich auf
einem Stapel Dokumente döst.)*

**Ort:** Büro von Dr. Victor Falk

**Zeit:** Dienstag, 08.10., 10:15 Uhr


*(Dr. Falk sitzt an seinem Schreibtisch und betrachtet die Unterlagen der Bewerber, die noch vor ihm liegen. Er nimmt einen Schluck Kaffee und blättert durch seine Notizen vom Vortag.)*


1.  **Dr. Victor Falk** *(zu sich selbst):*
„Gut, wen haben wir als Nächstes? Ah, Herr Meier, der Buchhalter. Ein Mann der Ordnung und Struktur. Man sollte die Reihenfolge einhalten, sonst gerät das natürliche Gleichgewicht durcheinander."

*(Er lächelt zufrieden über seine eigene Aussage und greift zum Telefonhörer, um Herrn Meier anzurufen. Doch bevor er die Nummer wählen kann, beginnt sein Telefon zu klingeln.)*


2.  **Dr. Victor Falk** *(überrascht):*
„Seltsam..."

*(Er nimmt den Hörer ab.)*


3.  **Dr. Victor Falk:**
„Dr. Falk am Apparat."

4. **Herr Meier** *(am Telefon, formell):*

„Guten Tag, Herr Dr. Falk. Hier spricht Meier."

5. **Dr. Victor Falk** *(erstaunt):*

„Herr Meier! Ich wollte Sie gerade anrufen."

6. **Herr Meier:**

„Das habe ich mir gedacht. Entsprechend meiner Berechnungen wäre dies der optimale Zeitpunkt für Ihren Anruf gewesen."

7. **Dr. Victor Falk** *(schmunzelnd):*

„Sie haben meinen Anruf vorausberechnet?"

8. **Herr Meier:**

„Natürlich. Struktur und Vorhersehbarkeit sind essenziell für Effizienz."

9. **Dr. Victor Falk:**

„Das ist... beeindruckend. Nun, ich wollte Ihnen mitteilen, dass wir Ihnen gerne die Position des Buchhalters bei der ManiCore Group anbieten würden. Herzlichen Glückwunsch!"

10. **Herr Meier:**

„Vielen Dank, Herr Dr. Falk. Ich freue mich über das Angebot."

11. **Dr. Victor Falk:**

„Vielleicht könnten wir die Details persönlich besprechen? Sind Sie heute verfügbar?"

12. **Herr Meier:**

„Selbstverständlich. Gemäß meiner Planung bin ich in genau sieben Minuten bei Ihnen."

13. **Dr. Victor Falk** *(schaut auf die Uhr):*

„Das klingt perfekt. Dann erwarte ich Sie."

14. **Herr Meier:**

„Bis gleich."

*(Sie legen auf. Dr. Falk lehnt sich zurück und schüttelt leicht den Kopf, immer noch überrascht von Herrn Meiers Genauigkeit.*

*Nach exakt sieben Minuten klopft es an der Tür.)*

15. **Dr. Victor Falk:**

„Herein!"

*(Die Tür öffnet sich, und Herr Meier tritt ein, akkurater Anzug, akkurate Frisur, eine Ledermappe unter dem Arm.)*

16. **Herr Meier** *(steif, formell):*
„Guten Tag, Herr Dr. Falk."

17. **Dr. Victor Falk** *(freundlich):*

„Guten Tag, Herr Meier. Pünktlich wie ein Uhrwerk."

18. **Herr Meier:**

„Pünktlichkeit ist die Tugend der Könige."

19. **Dr. Victor Falk:**

„Bitte, nehmen Sie doch Platz."

*(Herr Meier setzt sich auf den Stuhl vor Dr. Falks Schreibtisch und legt seine Mappe sorgfältig auf den Tisch.)*

20. **Dr. Victor Falk:**

„Also, Herr Meier, wie bereits gesagt, würden wir Sie gerne in unserem Team begrüßen. Gibt es von Ihrer Seite Fragen oder Anliegen bezüglich des Vertrags?"

21. **Herr Meier:**

„Ich habe einige Punkte vorbereitet, die ich gerne besprechen würde."

*(Er öffnet seine Mappe und zieht einen Stapel Papier heraus.)*

22. **Dr. Victor Falk** *(neugierig):*

„Oh, dann lassen Sie uns gleich beginnen."

23. **Herr Meier:**

„Zunächst möchte ich vorschlagen, dass meine Arbeitszeiten von 8:17 Uhr bis 17:03 Uhr gehen. Diese Zeiten haben sich für meine maximale Produktivität als ideal erwiesen."

24. **Dr. Victor Falk** *(schmunzelt):*

„Sehr spezifisch, aber ich denke, das lässt sich einrichten."

25. **Herr Meier:**

„Danke. Des Weiteren würde ich gerne meine Mittagspause von 12:07 Uhr bis 12:43 Uhr nehmen, um meine Briefmarkensammlung zu pflegen."

26. **Dr. Victor Falk:**

„Ihre Briefmarkensammlung? Interessant. Haben Sie besondere Stücke?"

27. **Herr Meier** *(mit leichtem Stolz):*

„Oh ja, einige sehr seltene Exemplare. Manche sagen sogar, sie hätten... besondere Eigenschaften."

28. **Dr. Victor Falk** *(neugierig):*

„Besondere Eigenschaften?"

29. **Herr Meier** *(räuspert sich):*

„Nun, manche Briefmarken sollen Glück bringen, andere

fördern die Konzentration. Aber das sind natürlich nur Anekdoten."

30. **Dr. Victor Falk** *(lächelnd):*

„Natürlich. Fahren Sie fort."

31. **Herr Meier:**

„Ich würde vorschlagen, dass ich meine Sammlung hier im Unternehmen archivieren darf. Selbstverständlich in einem eigens dafür vorgesehenen Raum mit optimalen Bedingungen."

32. **Dr. Victor Falk** *(überrascht):*

„Einen Raum für Ihre Briefmarkensammlung?"

33. **Herr Meier:**

„Ja. Es wäre zum Vorteil des Unternehmens. Ich habe festgestellt, dass die Anwesenheit dieser Briefmarken die Effizienz um bis zu 13,4 Prozent steigern kann."

34. **Dr. Victor Falk** *(schmunzelt):*

„Das ist eine interessante Statistik. Nun, wenn es dem Unternehmen dient..."

35. **Herr Meier:**

„Ausgezeichnet. Des Weiteren würde ich gerne jeden Montag um 10:53 Uhr eine kurze Präsentation über Ordnung und Struktur halten."

**36. Dr. Victor Falk:**

„Eine Präsentation?“

**37. Herr Meier:**

„Ja. Denn ich habe durch ein aufwendiges Feldstudien-
Programm festgestellt, dass regelmäßige Erinnerungen
an die Prinzipien der Effizienz die Mitarbeiter motivieren.“

**38. Dr. Victor Falk:**

„Gut, ich denke, das könnten wir einrichten.“

**39. Herr Meier** *(zufrieden):*

„Ausgezeichnet. Dann wären wir uns in den wichtigsten
Punkten einig.“

**40. Dr. Victor Falk:**

„Perfekt. Dann kommen wir jetzt zum Gehalt. Wir bieten
Ihnen ein faires Jahresgehalt von 60.000 Euro an.“

**41. Herr Meier:**

„Hmm … Ich habe darüber nachgedacht und halte
angesichts meiner umfangreichen Erfahrung ein Gehalt
von 65.432 Euro und 17 Cent für angemessen.“

**42. Dr. Victor Falk** *(erstaunt):*

„65.432 Euro und 17 Cent? Das ist sehr präzise.“

**43. Herr Meier:**

„In der Tat. Präzision ist unerlässlich. Die Summe

berücksichtigt meine Lebenshaltungskosten,
Investitionen in meine Sammlungen und eine
angemessene Sparrate."

44. **Dr. Victor Falk** *(schmunzelnd):*

„Sie haben das gut durchgerechnet."

45. **Herr Meier:**

„Selbstverständlich. Ich habe auch verschiedene
Szenarien kalkuliert, falls Sie eine andere Summe
vorschlagen möchten."

46. **Dr. Victor Falk:**

„Nun, ich denke, wir können uns auf 65.500 Euro
einigen. Die 17 Cent könnten in der Buchhaltung für
Verwirrung sorgen."

47. **Herr Meier** *(nachdenklich, zögernd):*

„Einverstanden. Dann runde ich die Summe auf 65.500
Euro auf, allerdings müsste ich meine Finanzplanung
entsprechend anpassen."

48. **Dr. Victor Falk:**

„Nun, ich möchte Ihnen entgegenkommen."

49. **Herr Meier:**

„Sehr großzügig von Ihnen. Dann akzeptiere ich."

50. **Dr. Victor Falk:**

„Gibt es noch weitere Punkte?"

51. **Herr Meier:**

„Ja, durchaus. Aufgrund meiner allergischen Reaktion auf ungeordnete Umgebungen würde ich vorschlagen, dass mein Büro exakt nach den Prinzipien des Schwarzen Sekten-Tantra-Buddhismus Feng Shui mit einem starken Focus auf das Bagua eingerichtet wird."

52. **Dr. Victor Falk (überrascht):**

„Feng Shui? Das ist doch eine Lehre aus dem chinesischen Raum."

53. **Herr Meier:**

„Korrekt. Ich habe festgestellt, dass eine harmonische Umgebung die Effizienz um 12,7 Prozent steigert."

54. **Dr. Victor Falk** *(lächelnd):*

„Wenn das der Fall ist, unterstützen wir das gerne."

55. **Herr Meier:**

„Ja. Ich würde gerne eine monatliche Gefahrenzulage beantragen."

56. **Dr. Victor Falk** *(überrascht):*

„Gefahrenzulage? Wofür denn?"

57. **Herr Meier:**

„Nun, ich habe gehört, dass im Unternehmen ein...
Drache arbeitet.“

58. **Dr. Victor Falk** *(leicht nervös):*

„Ach, Sie meinen Felix? Woher wissen Sie von ihm?“

59. **Herr Meier:**

„Ich habe meine Recherchen durchgeführt. Es ist wichtig,
mögliche Risiken zu kennen.“

60. **Dr. Victor Falk:**

„Verstehe. Nun, Felix ist harmlos, aber ich kann
nachvollziehen, dass Sie sich Sorgen machen.“

61. **Herr Meier:**

„Ich würde vorschlagen, dass ich eine Schulung im
Drachenmanagement erhalte, um im Notfall angemessen
reagieren zu können.“

62. **Dr. Victor Falk** *(erleichtert):*

„Das ist eine hervorragende Idee, Herr Meier. Eine
Schulung in Drachenmanagement wird nicht nur Ihre
Sicherheit gewährleisten, sondern auch die reibungslose
Integration von Felix in unseren Arbeitsalltag
unterstützen. Ich bin sicher, Felix wird Sie mit offenen
Flügeln willkommen heißen. Wir könnten sogar ein

kleines Einführungstraining für Sie und Felix
organisieren, damit Sie beide sich besser kennenlernen."

63. **Herr Meier** *(leicht überrascht, aber interessiert):*
„Ein Einführungstraining für Felix und mich? Das klingt
sehr durchdacht. Ich schätze Ihre Weitsicht, Herr Dr.
Falk. Gibt es spezielle Trainer, die sich mit fliegenden
Drachen auskennen?"

64. **Dr. Victor Falk** *(lächelnd):*
„Tatsächlich ja. Wir haben einen Experten engagiert, der
sich auf die Verhaltensweisen und Bedürfnisse von
Flugdrachen spezialisiert hat. Er wird Sie durch die
Grundlagen führen und Ihnen beibringen, wie Sie Felix
am besten unterstützen können."

65. **Herr Meier** *(nickt zustimmend):*
„Das klingt ausgezeichnet. Ich bin bereit, alles zu lernen,
was notwendig ist, um eine harmonische
Arbeitsbeziehung mit Felix zu gewährleisten."

66. **Dr. Victor Falk:**
„Das freut mich zu hören. Jetzt, wo wir diese wichtigen
Punkte geklärt haben, gibt es noch etwas, das Sie
hinzufügen möchten?"

67. **Herr Meier** *(blickt aufmerksam):*
„Ja, ich würde in diesem Zusammenhang gerne

vorschlagen, dass mein Büro mit einem speziellen
Luftfiltersystem ausgestattet wird, um mögliche
Rauchemissionen von Felix effektiv zu neutralisieren.
Dies würde nicht nur meine Arbeit komfortabler
gestalten, sondern auch zur allgemeinen Luftqualität im
Büro beitragen."

68. **Dr. Victor Falk** *(lächelt):*

"Ein sehr umsichtiges Anliegen. Wir werden
sicherstellen, dass Ihr Büro entsprechend ausgestattet
wird."

69. **Herr Meier:**

"Außerdem würde ich gerne seine Flammen für ein
Experiment nutzen."

70. **Dr. Victor Falk** *(verwundert):*
"Ein Experiment?"

71. **Herr Meier:**

"Ja. Ich vermute, dass die Hitze seiner Flammen dazu
beitragen könnte, spezielle Briefmarken zu aktivieren."

72. **Dr. Victor Falk** *(staunt):*
"Aktivieren?"

73. **Herr Meier** *(ernst):*
"Nun, wie gesagt, manche meiner Briefmarken haben

besondere Eigenschaften. Mit der richtigen Wärme
könnten sie... nützlicher werden.“

74. **Dr. Victor Falk** *(nachdenklich):*

„Das klingt... faszinierend. Aber ist das sicher?“

75. **Herr Meier:**

„Selbstverständlich. Ich habe alle Risiken kalkuliert.“

76. **Dr. Victor Falk:**

„Nun, wenn das so ist, können wir darüber nachdenken.“

77. **Herr Meier:**

„Ausgezeichnet.“

78. **Dr. Victor Falk:**

„Gut, dann sind wir uns einig? ... Oder gibt es sonst noch
Punkte, die Sie ansprechen möchten?“

79. **Herr Meier:**

„Ja. Ich würde gerne auch einen wöchentlichen Bericht
über alle Finanztransaktionen erstellen, der in Reimform
verfasst ist. Dies fördert die Kreativität und erleichtert das
Verständnis komplexer Zahlen.“

80. **Dr. Victor Falk** *(überrascht):*

„In Reimform? Das ist... ungewöhnlich.“

81. **Herr Meier:**

„Ja, Ich habe festgestellt, dass Reime die
Aufmerksamkeit der Leser erhöhen. Hier ein Beispiel:
'Die Einnahmen sprudeln wie ein Bach, die Ausgaben
halten wir schön flach.'"

82. **Dr. Victor Falk** *(lacht):*

„Das ist tatsächlich eingängig. Warum nicht? Wenn es
der Transparenz dient. Haben Sie noch mehr Reime auf
Lager?"

83. **Herr Meier** *(mit einem selbstsicheren Lächeln):*

„Natürlich. Obacht, hier kommt mein Buchhalter-Reim:
Bei ManiCore zählt jeder Cent genau,
Herr Meier hält die Bücher stets im Bau.
Mit Felix fliegt er durch den Flur,
Unsere Finanzen finden sichere Spur.
Briefmarken sammeln, selten und fein,
Verleihen der Buchhaltung Glanz und Schein.
Mit Zahlen jongliere ich geschwind,
Bringe Ordnung, wo wir sind."

84. **Dr. Victor Falk** *(lacht herzlich):*

„Das ist hervorragend! Solche Reime machen die Zahlen
wirklich lebendig. Nun haben Sie bei mir allerdings meine
jugendliche Neugier geweckt – ich bin gespannt, ob ich
Ihnen noch mehr Reime entlocken kann?"

85. **Herr Meier** *(mit einem selbstsicheren Lächeln)*:

„Bei ManiCore zählt jede Zahl,

Ich meister' Zahlen überall.

Gewinne tief im Dunkel versteckt,

So bleibt die Bilanz perfekt gedeckt.

Mit Listen, Tricks und klugem Plan,

Entgeht der Steuer keiner Zahl dann.

Kreativ im Zahlenmeer,

Herr Meier schützt uns mehr und mehr."

86. **Dr. Victor Falk** *(lacht)*:

„Haha, ich erkenne ungeahnte Talente in Ihnen. … Wie

sieht es denn mit Alliteration aus?"

87. **Herr Meier** *(mit einem selbstsicheren Lächeln)*:

„Wenn es weiter nichts ist – hier ist mein Alliterations-

Reim:

Bei ManiCore meistert Meier mühelos,

Monatliche Manuskripte meisterlich groß.

Finanzflüsse fließen flink und fein,

Gewinne geheim, nur er weiß, wo sie sein.


Briefe büscheln brav in Brieftaschen,

Rechnungen rechtzeitig, keine Massen.

Herr Meier, der Buchhalter mit Bravour,

Sichert den Erfolg mit sicherer Struktur."

88. **Dr. Victor Falk** *(lacht):*

„Wer hätte das gedacht! Und Binnenreime? …

Binnenreime sind immer schwer."

89. **Herr Meier** *(mit einem selbstsicheren Lächeln):*

„Wenn es weiter nichts ist – hier ist mein Buchhalter-

Reim als Binnreim:

Meier meistert zahlen, stets klar,

Gewinne versteckt, wunderbar.

Briefmarken bunt, funkeln fein,

Finanzen fließen, hell und rein.

Felix fliegt frei, flink und sacht,

Meier jongliert mit gewissenhaft.

Bilanz glänzt im hellen Licht,

Teamgeist stark, Freude bricht."

90. **Dr. Victor Falk** *(anerkennend):*

„Herr Meier … ich bin wirklich beeindruckt! Wissen Sie,

es reizt mich sie nach einem fröhlichen, harmonischen 8-

zeiliger Schlagreim zu fragen, der die erfolgreiche

Zusammenarbeit des Teams bei der ManiCore Group

darstellt."

91. **Herr Meier** *(mit einem fröhlichen Lächeln):*

„Nur zu … ich wäre bereit."

92. **Dr. Victor Falk** *(anerkennend):*

„Wirklich? … Aber wir müssen dann aber wirklich zurück
zur Vertragsverhandlung kommen.“

93. **Herr Meier** *(mit einem fröhlichen Lächeln):*

„Verstehe … dann hier ganz schnell der Schlagreim:

Zusammen stark, wir meistern jede Nacht,

Mit Teamgeist, der uns unaufhaltsam macht.

Bei ManiCore, wo Ideen sprießen,

Werden wir die größten Erfolge genießen.

Felix fliegt, bringt uns neue Sicht,

Unsere Arbeit glänzt im hellen Licht.

Jeder trägt bei, mit Herz und Hand,

Machen wir ManiCore zum besten Land.“

94. **Dr. Victor Falk** *(lacht):*

„Herr Meier. Ich hatte ja gar keine Ahnung von Ihrem
innewohnenden Talent. Das ist wirklich eine
beeindruckende Leistung! Ich bin mir da sehr sicher,
dass wir dieses Talent bereits in der nahen Zukunft
gewinnbringend einsetzen können- Doch, zuvor müssen
wir uns noch vertragseinig werden – also: wäre das dann
alles an Forderungen?“

95. **Herr Meier:**

„Nein. Noch eine Kleinigkeit. Ich würde gerne einmal pro

Woche die Temperatur im Büro um genau 1,5 Grad erhöhen."

**96. Dr. Victor Falk:**

„Aha. Aus welchem Grund?"

**97. Herr Meier:**

„Es fördert das Wachstum meiner Bonsai-Bäume, die ich ins Büro mitbringen werde."

**98. Dr. Victor Falk** *(schüttelt lächelnd seinen Kopf):*

„Sie haben Bonsai-Bäume?"

**99. Herr Meier:**

„Ja. Sie sind sehr empfindlich und reagieren positiv auf diese Temperaturänderung."

**100. Dr. Victor Falk:**

„Nun, wenn es Ihnen hilft..."

**101. Herr Meier:**

„Vielen Dank. Dann wäre ich mit den Vertragsdetails zufrieden."

**102. Dr. Victor Falk:**

„Perfekt. Ja, ich denke, alle wichtigen Punkte sind geklärt. Dann können wir den Vertrag unterschreiben."

*(Er holt den Vertrag hervor und legt ihn vor Herr Meier.)*

103. **Herr Meier** *(prüft den Vertrag gründlich)*:

„Einen Moment bitte."

104. **Dr. Victor Falk:**

„Natürlich."

105. **Herr Meier** *(nach einigen Minuten)*:

„Hier fehlt die Klausel über die Temperaturerhöhung und

die Nutzung von Felix' Flammen."

106. **Dr. Victor Falk:**

„Oh, richtig. Ich ergänze das schnell."

*(Er nimmt einen Stift und fügt die Punkte hinzu.)*

107. **Herr Meier:**

„Danke. Jetzt ist alles in Ordnung."

108. **Dr. Victor Falk:**

„Gut, dann unterschreiben wir?"

109. **Herr Meier** *(zieht einen Füllfederhalter hervor)*:

„Gerne. Ah, nein, … Einen Moment bitte noch."

*(Er beginnt, sorgfältig Korrekturen vorzunehmen.)*

110. **Dr. Victor Falk** *(leicht nervös)*:

„Gibt es ein Problem?"

**111. Herr Meier:**

„Nur kleine Unstimmigkeiten. Hier zum Beispiel steht 'Arbeitsbeginn um 8:00 Uhr'. Wir hatten uns auf 8:17 Uhr geeinigt."

**112. Dr. Victor Falk:**

„Ah, richtig. Das ändern wir ebenfalls sofort."

**113. Herr Meier:**

„Und hier fehlt die Klausel über den Strukturtag."

**114. Dr. Victor Falk:**

„Nanu. Ich füge sie sofort hinzu. Ich schätze ihre Prüffähigkeiten!"

**115. Herr Meier** *(nach weiteren Minuten des Prüfens):*
„Gut. Jetzt ist alles in Ordnung."

**116. Dr. Victor Falk:**

„Dann unterschreiben wir?"

**117. Herr Meier:**

„Mit Vergnügen."

*(Sie unterschreiben den Vertrag.)*

**118. Dr. Victor Falk:**

„Willkommen bei der ManiCore Group, Herr Meier."

119. **Herr Meier:**

„Vielen Dank, Herr Dr. Falk"

120. **Dr. Victor Falk** *(reicht ihm eine Kopie):*

„Und hier ist Ihre Kopie, Herr Meier."

121. **Herr Meier** *(steht auf, reicht ihm die Hand):*

„Vielen Dank, Herr Dr. Falk. Ich freue mich auf eine produktive Zusammenarbeit."

122. **Dr. Victor Falk:**

„Das tue ich auch. Wann möchten Sie mit dem Onboarding beginnen?"

123. **Herr Meier:**

„Entsprechend meiner Planung wäre der kommende Mittwoch um 10:12 Uhr optimal."

124. **Dr. Victor Falk:**

„Mittwoch um 9:12 Uhr. Ist Notiert."

125. **Herr Meier:**

„10:12 Uhr."

126. **Dr. Victor Falk:**

„Ja stimmt … Hatte ich auch so geschrieben. Ist notiert."

127. **Herr Meier:**

„Dann verabschiede ich mich für heute."

128. **Dr. Victor Falk:**

„Auf Wiedersehen, Herr Meier.“

*(Herr Meier sammelt seine Unterlagen ein und dreht sich
zur Tür. In diesem Moment öffnet sich die Tür von selbst,
und Felix, der kleine Flugdrachen, schwebt herein.)*

129. **Herr Meier** *(staunt):*

„Ah, das muss Felix sein.“

130. **Dr. Victor Falk:**

„Ja, das ist er. Felix, das ist Herr Meier, unser neuer
Buchhalter.“

*(Felix landet auf dem Schreibtisch und betrachtet Herr
Meier neugierig.)*

131. **Felix** *(schnurrt leise).*

132. **Herr Meier** *(vorsichtig):*

„Guten Tag, Felix. Es ist mir eine Freude, Sie
kennenzulernen.“

*(Felix schnuppert an Herr Meiers Aktenkoffer und niest,
wobei kleine Funken sprühen.)*

133. **Herr Meier** *(zieht ein Taschentuch heraus):*

„Gesundheit. Ein Niesen sollte man nicht unterschätzen.“

134. **Dr. Victor Falk** *(lacht):*

„Ich glaube, er mag Sie.“

135. **Herr Meier:**

„Das beruht auf Gegenseitigkeit. Vielleicht können wir

bald mit dem Experiment beginnen.“

136. **Dr. Victor Falk:**

„Felix ist immer offen für neue Abenteuer.“

137. **Herr Meier:**

„Ausgezeichnet. Dann bis Mittwoch.“

138. **Dr. Victor Falk:**

„Bis dann.“

*(Herr Meier sammelt sorgfältig seine Unterlagen ein,*
*streicht eine unsichtbare Falte aus seinem Anzug und*
*dreht sich zur Tür.)*

139. **Dr. Victor Falk** *(ruft ihm nach):*

„Ach, Herr Meier! Eine letzte Frage.“

140. **Herr Meier** *(dreht sich um):*

„Ja, Herr Dr. Falk?“

141. **Dr. Victor Falk** *(schmunzelnd):*

„Sind Sie sicher, dass Sie nicht jonglieren können? Felix

liebt solche Shows.“

142. **Herr Meier** *(ernst):*

„Ich habe meine Jonglierkünste verbessert. Ich kann nun

mit drei Taschenrechnern jonglieren. Vielleicht könnte ich

Felix damit unterhalten.“

143. **Dr. Victor Falk** *(begeistert):*

„Das wäre großartig! Vielleicht können wir das beim

nächsten Firmenevent einbauen.“

144. **Herr Meier:**

„Sehr gerne. Ich werde meine Fähigkeiten bis dahin

perfektionieren.“

145. **Dr. Victor Falk:**

„Ich freue mich darauf. Bis Mittwoch!“

146. **Herr Meier:**

„Bis dahin, Herr Dr. Falk.“

*(Er verlässt das Büro, und die Tür schließt sich leise*

*hinter ihm. Dr. Falk lehnt sich zurück und atmet tief*

*durch,* während Felix ihm hinterherblickt.)

147. **Dr. Victor Falk** *(zu Felix):*

„Was für ein Charakter, nicht wahr?“

*(Felix schnurrt und pustet kleine Rauchkringel in die Luft.)*

148. **Dr. Victor Falk** *(zu Felix):*

„Was hältst du von ihm, Felix?"

*(Felix gibt ein zustimmendes Geräusch von sich.)*

149. **Dr. Victor Falk** *(lächelnd):*

„Ich glaube, er wird uns noch einiges an Struktur bringen."

*150.* **Felix** *(gibt ein zustimmendes Geräusch von sich).*

151. **Dr. Victor Falk** *(nimmt den Vertrag und legt ihn sorgfältig ab):*

„Nun gut, alles geht seinen Weg. Mit Frau Ganter und Herrn Meier haben wir zwei einzigartige Persönlichkeiten im Team."

*(Er steht auf und geht zum Fenster, blickt nachdenklich hinaus.)*

152. **Dr. Victor Falk:**

„Ich bin gespannt, was die Zukunft bringt."

*(Felix flattert zu ihm hinüber und landet auf seiner Schulter.)*

153. **Dr. Victor Falk** *(streichelt Felix):*

„Bereit für das nächste Abenteuer, mein Freund?"

*(Felix nickt und gibt ein fröhliches Schnurren von sich.)*

154. **Dr. Victor Falk** *(schmunzelt):*

„Dann wollen wir mal sehen, was der Tag noch so bereithält."

*(Er setzt sich wieder an seinen Schreibtisch und beginnt, die nächsten Aufgaben zu planen, während Felix sich gemütlich auf einem Stapel Papiere zusammenrollt.)*

**Ort:** Büro von Dr. Victor Falk

**Zeit:** Dienstag, 08.10., 10:40 Uhr

*(Dr. Falk sitzt an seinem Schreibtisch, greift zum Telefonhörer und beginnt, die Nummer von Herrn Weber zu wählen. Er schaut auf die Uhr, nimmt einen tiefen Schluck Kaffee und bereitet sich auf das Gespräch vor.)*

1.  **Dr. Victor Falk** *(zu sich selbst, konzentriert):*
    „Jetzt rufe ich Herrn Weber an, unser zuverlässiger Pförtner. Pünktlichkeit ist alles."

*(Dr. Falk wählt, ein Freizeichen und er hört ein Telefon klingeln. Bevor er reagieren kann, wird die Tür des Büros laut aufgerissen und Herr Weber stürmt herein. Er hält weiterhin seine Aktentasche fest an die Brust gedrückt, als wäre sie ein wertvoller Schatz.)*

2.  **Herr Weber** *(kurz und knapp):*
    „Stop."

3.  **Dr. Victor Falk** *(überrascht, versucht ruhig zu bleiben):*
    „Herr Weber! Ich wollte Sie gerade anrufen..."

4.	**Herr Weber** *(unterbricht abrupt):*
„Nicht jetzt.“

5.	**Dr. Victor Falk** *(leicht amüsiert, versucht die Situation zu entschärfen):*
„Alles in Ordnung? Möchten Sie das Gespräch führen?“

6.	**Herr Weber** (kurz nickend, ohne weiterzusprechen):
„Ja.“

7.	**Dr. Victor Falk** *(lächelt):*
„Gut, dann lassen Sie uns anfangen.“

*(Herr Weber setzt sich steif auf den Stuhl gegenüber von Dr. Falk, legt seine Aktentasche präzise auf den Tisch und bleibt wortkarg. Felix, der kleine Flugdrachen, schnurrt leise und rollt sich gemütlich auf einem Regal zusammen.)*

8.	**Dr. Victor Falk:**
„Also, Herr Weber, wir möchten Sie offiziell in unserem Team begrüßen. Gibt es von Ihrer Seite Fragen oder Anliegen bezüglich der Stelle?“

9.	**Herr Weber** *(extrem knapp):*
„Nein.“

10. **Dr. Victor Falk** *(versucht, das Gespräch fortzusetzen):*

"Gut. Lassen Sie uns über Ihre Arbeitszeiten sprechen. Haben Sie Präferenzen?"

11. **Herr Weber** *(kurz und präzise):*

"08:00 bis 17:00."

12. **Dr. Victor Falk** *(schmunzelt leicht):*

"Pünktlich, wie immer. Was ist mit Pausenzeiten?"

13. **Herr Weber** *(knapp):*

"12:30 Uhr."

14. **Dr. Victor Falk:**

"Verstanden. Und das Gehalt? Wir bieten Ihnen 35.000 Euro jährlich an."

15. **Herr Weber** *(formell):*

"Akzeptiert."

16. **Dr. Victor Falk** *(lächelt, schreibt etwas nieder):*

"Perfekt. Gibt es noch weitere Punkte?"

17. **Herr Weber** *(überlegt kurz, dann knapp):*

"Türtechnologie."

18. **Dr. Victor Falk:**

"Automatisierte Türen? Kein Problem. Was sonst?"

19.   **Herr Weber** *(trocken):*

„Sicherheit."

20.   **Dr. Victor Falk:**

„Selbstverständlich. Wir sorgen für höchste Sicherheit.
Gibt es sonst noch etwas?"

21.   **Herr Weber** *(extrem knapp):*

„Nein."

22.   **Dr. Victor Falk** *(schmunzelt):*

„Ja, gut. Dann fassen wir zusammen: 35.000 Euro
Jahresgehalt, Arbeitszeiten von 08:00 bis 17:00 Uhr,
Pause um 12:30 Uhr, automatisierte Türen und erhöhte
Sicherheit. Stimmen Sie dem zu?"

23.   **Herr Weber** *(knapp):*

„Ja."

24.   **Dr. Victor Falk** *(reicht den Vertrag):*

„Dann unterschreiben wir."

*(Herr Weber zieht einen eleganten Füllfederhalter aus
seiner Aktentasche und unterschreibt den Vertrag
sorgfältig. Dr. Falk folgt seinem Beispiel. Felix schnurrt
zufrieden und pustet kleine Rauchkringel aus.)*

25. **Dr. Victor Falk** *(reicht ihm eine Kopie):*

„Hier ist Ihre Kopie. Willkommen bei der ManiCore
Group, Herr Weber.“

26. **Herr Weber** *(steht auf, reicht ihm die Hand formal und
steif):*

„Danke.“

27. **Dr. Victor Falk:**

„Wann möchten Sie mit dem Onboarding beginnen?“

28. **Herr Weber** *(knapp):*

„Mittwoch um 10:15 Uhr.“

29. **Dr. Victor Falk** *(lächelnd):*

„Hui, um 10:12 Uhr haben wir bereits Herrn Meier.
Wollen Sie das Onboarding zusammen absolvieren oder
wollen sie einen anderen Termin?“

30. **28. Herr Weber** *(knapp):*

„Dann Mittwoch um 10:30 Uhr.“

31. **Dr. Victor Falk** *(lächelnd):*

„Hmm, das wird eng, aber das bekommen wir hin.
Mittwoch um 10:30 Uhr. Notiert. Ich werde dafür sorgen,
dass alles vorbereitet ist. … oder wir machen das anders
– das überlege ich mir noch und sage rechtzeitig
Bescheid.“

32. **Herr Weber:**

„Gut. Dann verabschiede ich mich für heute.“

33. **Dr. Victor Falk:**

„Auf Wiedersehen, Herr Weber.“

*(Herr Weber sammelt sorgfältig seine Unterlagen ein und dreht sich zur Tür. In diesem Moment öffnet sich die Tür von selbst, und Felix, der kleine Flugdrachen, schwebt wieder hinein.)*

34. **Dr. Victor Falk** *(zu Felix):*

„Was hältst du von Herrn Weber, Felix?“

*(Felix schnurrt und pustet kleine Rauchkringel in die Luft.)*

35. **Dr. Victor Falk** *(lächelnd):*

„Ich glaube, er wird unser Team mit viel Ordnung bereichern.“

36. **Herr Weber** *(verlässt das Büro, zieht die Aktentasche enger an sich):*

„Auf Wiedersehen.“

37. **33. Dr. Victor Falk** *(lächelnd):*

„Ja, auf Wiedersehen.“

*(Dr. Falk blickt zufrieden auf den unterzeichneten Vertrag.)*

„Alles geht seinen Weg. Mit Frau Ganter, Herrn Meier und jetzt Herrn Weber haben wir ein starkes Team."

*(Er lehnt sich zurück, während Felix sich gemütlich auf einem Stapel Dokumente niederlässt.)*

38. **Dr. Victor Falk** *(zu sich selbst):*

„Ich bin gespannt, was die Zukunft bringt."

*(Dr. Falk streichelt Felix.)*

„Bereit für das nächste Abenteuer, mein Freund?"

*(Felix nickt und gibt ein fröhliches Schnurren von sich.)*

39. **Dr. Victor Falk** *(schmunzelt):*

„Dann wollen wir mal sehen, was der Tag noch so bereithält."

*(Er beginnt, die nächsten Aufgaben zu planen, während Felix sich gemütlich auf einem Stapel Papiere zusammenrollt.)*

40. **Dr. Victor Falk** *(schmunzelt):*

„Ich bin durchaus fasziniert, wie kurz und effizient die Gespräche mit ihm so ablaufen. Damit lässt sich durchaus wertvolle Zeit sparen. … Ich hätte nie gedacht,

dass ich das mal so sehen würde … aber diese Truppe
ist irgendwie auch einzigartig.“

**Ort:** Büro von Dr. Victor Falk

**Zeit:** Dienstag, 08.10., 10:45 Uhr

*(Das Büro von Dr. Victor Falk ist ein harmonischer Mix aus moderner Technologie und magischen Artefakten. In einer Ecke steht der Dimensionenspringer, eine beeindruckende Maschine mit schimmernden Kristallen und pulsierenden Energiefeldern. Diese sind aber für Menschen nicht sichtbar. Dr. Falk sitzt an seinem Schreibtisch, blickt konzentriert auf die vorbereiteten Unterlagen und überprüft regelmäßig die Uhr. Plötzlich bemerkt er eine seltsame Stille und die Bewegungslosigkeit um sich herum. Die Uhr an der Wand scheint stillzustehen. Ein sanftes Glitzern erhellt den Raum, als das magische Kommunikationsgerät – ein schimmerndes, kristallgeprägtes Telefon – auf seinem Tisch blinkt. Ein leises, melodisches Klingen erklingt, als Dr. Falk das Gerät berührt und das leuchtende Symbol aktiviert. Der Kristall beginnt in einem sanften Blau zu pulsieren, während die Verbindung hergestellt wird.)*

1.   **Dr. Victor Falk** *(irritiert, schaut auf die Überwachungskameras an der Wand):*
     „Alaric, können die Menschen mit ihren

Überwachungskameras unser Gespräch hören oder sehen? Es scheint, als würde die Zeit hier stehen bleiben. Klappt jetzt alles?"

2. **Alaric Spellwright** *(mit einem Hauch von Mystik und Begeisterung in der Stimme):*
„Guten Morgen, Dr. Falk! Ich hoffe, alles ist in Ordnung. Ja, die Kameras funktionieren ordnungsgemäß und zeichnen kontinuierlich auf. Allerdings bleibt aufgrund der temporalen Verzerrung die Zeit in der Menschenwelt stehen. Das bedeutet, dass keine neuen Aufnahmen gemacht werden können. Unsere Bewegungen in der Zauberwelt bleiben somit unbemerkt, da die Zeit hier eingefroren ist."

3. **Dr. Victor Falk** *(erleichtert, lächelt leicht):*
„Endlich! Das ist ein riesiger Fortschritt, Alaric. Es ist beruhigend zu wissen, dass unsere Aktivitäten hier endlich verborgen bleiben. Keine unerwünschten Aufnahmen oder Störungen mehr."

4. **Alaric Spellwright** *(erklärt weiter, kreativ und futuristisch):*
„Genau. Der Dimensionenspringer erzeugt nun ein temporales Feld, das die Zeit in der Menschenwelt einfriert, während die Zauberwelt in Echtzeit weiterläuft. Die holographischen Projektionen, die Sie sehen, sind

das Ergebnis dieser Manipulation. Die leuchtenden Nebelschwaden und die pulsierenden Energiefelder sind synchronisiert mit den Frequenzen des temporalen Feldes, wodurch eine nahtlose Brücke zwischen den Welten entsteht. Dieses Feld wirkt wie ein magisches Kaleidoskop, das die Zeit in mikroskopischen Teilchen zerlegt und neu ordnet, sodass wir uns frei bewegen können, ohne dass die Zeit hier voranschreitet."

5.  **Dr. Victor Falk** *(fasziniert, betrachtet die Projektion):* „Das ist beeindruckend, Alaric. Aber ich höre, es gibt noch Herausforderungen. Was genau benötigen wir, um die Ort- und Zeiteinstellungen präziser zu gestalten?"

6.  **Alaric Spellwright** *(enthusiastisch und detailliert):* „Um die Präzision der Dimensionensprünge zu erhöhen, benötigen wir mehr Traumsand. Traumsand ist ja bekanntlich ein seltenes magisches Material, das die Energieverstärkung ermöglicht. Es verstärkt die Resonanzfrequenzen, die für genaue Sprünge notwendig sind. Zusätzlich benötigen wir spezielle Lunarkristalle und Aurorasteine, die die Schnittstellen zwischen Raum und Zeit verfeinern. Diese Kristalle stabilisieren die Energiefelder und verhindern unkontrollierte Fluktuationen während der Sprünge. Traumsand fungiert als Katalysator, der die magische Energie schneller und

effizienter leitet, wodurch die Reaktionszeit des Dimensionenspringers drastisch verkürzt wird."

7.   **Dr. Victor Falk** *(nachdenklich, aber interessiert):*

„Traumsand und diese speziellen Kristalle? Das klingt nach einer erheblichen Investition. Wie hoch wäre das zusätzliche Budget, das wir dafür benötigen?"

8.   **Alaric Spellwright** *(mit Begeisterung):*

„Wir benötigen ein zusätzliches Budget von etwa 50.000 Goldtalern. Mit diesem Betrag können wir die Traumsandvorräte auffüllen und die Lunarkristalle sowie Aurorasteine beschaffen. Diese Investition wird die Stabilität und Präzision des Dimensionenspringers erheblich verbessern und uns ermöglichen, sichere und genaue Sprünge durch Raum und Zeit durchzuführen."

9.   **Dr. Victor Falk** *(entschlossen):*

„Ein höheres Budget ist jederzeit gerechtfertigt, wenn es die Qualität und Sicherheit unserer Projekte verbessert. Ich genehmige das zusätzliche Budget hiermit. Bitte leiten Sie die notwendigen Schritte ein und koordinieren Sie sich mit der Technikabteilung, um die benötigten Ressourcen schnellstmöglich zu beschaffen. Auch da habe ich heute Morgen bereits über Frau Schmidt schon weitere Anschaffungen genehmigt."

10.  **Alaric Spellwright** *(dankbar und motiviert):*

„Vielen Dank, Dr. Falk. Mit diesen Ressourcen werden wir den Dimensionenspringer perfektionieren und die Grenzen von Raum und Zeit überwinden. Es wird eine neue Ära für die ManiCore Group einläuten. Ich werde sofort mit dem Team sprechen und die Beschaffung der Materialien in die Wege leiten.“

11.  **Dr. Victor Falk** *(begeistert):*

„Das klingt hervorragend, Alaric. Wie schnell können wir mit den Lieferungen rechnen? Wir müssen das Gerät schnellstmöglich fertigstellen, da das neue Team so gut wie feststeht und es in der Märchenwelt unendlich viel zu tun gibt. Ich habe Anfragen noch und nöcher!“

12.  **Alaric Spellwright** *(optimistisch):*

„Die Lieferzeiten für Traumsand und die speziellen Kristalle sind kürzer als erwartet. Ich rechne damit, dass wir die Materialien innerhalb der nächsten Woche erhalten und sofort mit den Anpassungen beginnen können. Wir haben bereits mehrere Kontakte zu magischen Händlern aufgebaut, die die benötigten Ressourcen schnell liefern können. Und alle sind magisch zertifiziert.“

13.  **Dr. Victor Falk** *(nachdenklich):*

„Sehr gut! Die Zertifizierungen sind mir außerordentlich

wichtig. Wichtiger als ein paar Goldtaler mehr oder
weniger. Stellen Sie sicher, dass die Qualität der
Traumsandvorräte und Kristalle unseren Anforderungen
entspricht. Wir können keine Fehler bei den
Dimensionensprüngen riskieren. Kaufen Sie immer nur
die höchste Qualität – ausnahmslos!"

14. **Alaric Spellwright** *(versichert):*

„Selbstverständlich, Dr. Falk. Ich habe bereits
Qualitätskontrollen eingerichtet und eng mit den
Lieferanten zusammengearbeitet, um sicherzustellen,
dass alles unseren hohen Standards entspricht. Jeder
Traumsandkristall wird sorgfältig geprüft, bevor er in den
Dimensionenspringer integriert wird."

15. **Dr. Victor Falk** *(begeistert):*

„Sehr gut. Das habe ich hier auf er Menschenwelt gelernt
– Qualität hat seinen Preis und ist mit das Wichtigste für
nachhaltigen Erfolg! Und was ist mit den anderen
technischen Anpassungen? Gibt es noch weitere
Verbesserungen, die wir berücksichtigen sollten?"

16. **Alaric Spellwright** *(technisch detailliert):*

„Ja, also … wenn sie schon so fragen. Wir planen die
Integration eines adaptiven Energienetzwerks, das die
Energieflüsse in Echtzeit überwacht und anpasst. Dies
wird durch den Einsatz von Elarium-Silberfäden erreicht,

die als magische Leitungen fungieren und die Energie
effizienter verteilen. Außerdem möchten wir ein
Resonanzkollimator-System installieren, das die
Frequenzen der Dimensionensprünge feiner justiert, um
eine noch präzisere Steuerung zu ermöglichen."

17. **Dr. Victor Falk** *(überrascht, aber interessiert)*:
„Elarium-Silberfäden und Resonanzkollimator-Systeme?
Puh … das klingt sehr technisch. Wie kann ich mir das
vorstellen? Aber in einfachen Worten – so dass ich es
auch verstehe."

18. **Alaric Spellwright** *(erklärt geduldig)*:
„Natürlich. Also: die Elarium-Silberfäden sind magische
Leitungen, die die Energie effizienter und stabiler
verteilen, indem sie die magnetischen Felder umleiten
und verstärken. Dies verhindert Energieverluste und
sorgt für eine konstante Leistung des
Dimensionenspringers. Das Resonanzkollimator-System
hingegen analysiert kontinuierlich die Frequenzen der
Sprünge und passt sie automatisch an, um eine
maximale Präzision und Sicherheit zu gewährleisten.
Diese Systeme arbeiten zusammen, um eine optimale
Funktionalität und Sicherheit der Sprünge
sicherzustellen."

19. **Dr. Victor Falk** *(beeindruckt, nickt zustimmend):*

„Das klingt sehr vielversprechend. Obwohl die technischen Begriffe etwas komplex sind, vertraue ich Ihrem Urteil und Ihrer Expertise. Diese Anpassungen werden die Effizienz und Sicherheit unserer Sprünge erheblich steigern."

20. **Alaric Spellwright** *(zufrieden):*

„Danke, Dr. Falk. Ja, mit diesen Verbesserungen wird der Dimensionenspringer nicht nur stabiler, sondern auch flexibler und anpassungsfähiger gegenüber unterschiedlichen Sprungparametern. Das ist entscheidend für die vielfältigen Anforderungen unserer Projekte in der Märchenwelt."

21. **Dr. Victor Falk** *(entschlossen):*

„Gut, Alaric. Bitte koordinieren Sie sich mit den entsprechenden Abteilungen und stellen Sie sicher, dass alles reibungslos verläuft. Ich möchte regelmäßige Updates über den Fortschritt erhalten."

22. **Alaric Spellwright** *(motiviert):*

„Selbstverständlich. Ich werde wöchentliche Berichte erstellen und Sie über alle wichtigen Entwicklungen informieren. Das Team ist bereit und arbeitet bereits an den ersten Anpassungen, sobald die Materialien eintreffen."

23. **Dr. Victor Falk** *(erleichtert und zufrieden):*

„Das hört sich hervorragend an. Ich bin gespannt auf die nächsten Fortschritte und freue mich darauf, die Dimensionensprünge in Aktion zu sehen. Diese Technologie wird uns wirklich einen Wettbewerbsvorteil verschaffen."

24. **Alaric Spellwright** *(mit einem leichten Lächeln):*

„Ja. Die Möglichkeiten sind grenzenlos. Wir könnten sogar interdimensionale Projekte starten, die bisher nur in unseren kühnsten Träumen existierten."

25. **Dr. Victor Falk** *(enthusiastisch):*

„Das klingt nach einer spannenden Zukunft, Alaric. Stellen Sie sicher, dass wir alle notwendigen Sicherheitsvorkehrungen treffen, um Risiken zu minimieren. Sicherheit hat immer Vorrang, besonders bei so fortschrittlicher Technologie."

26. **Alaric Spellwright** *(zustimmend):*

„Absolut, Dr. Falk. Sicherheit ist unser oberstes Gebot. Jeder Sprung wird sorgfältig überwacht und getestet, um sicherzustellen, dass keine unvorhergesehenen Probleme auftreten. Wir arbeiten eng mit den Sicherheitsteams zusammen, um alle notwendigen Maßnahmen zu implementieren."

27. **Dr. Victor Falk** *(zufrieden):*

„Ausgezeichnet. Ich schätze Ihre Hingabe und Ihr
Engagement sehr. Das möchte ich Ihnen hiermit
nochmal ausdrücklich mitteilen. Mit Ihrer Expertise und
dem zusätzlichen Budget sind wir auf dem besten Weg,
unsere Ziele zu erreichen.“

28. **Alaric Spellwright** *(dankbar):*

„Vielen Dank. Es ist mir eine Ehre, an diesem
revolutionären Projekt mitzuwirken. Gemeinsam werden
wir die Grenzen von Raum und Zeit erweitern und neue
Möglichkeiten für die ManiCore Group schaffen.“

29. **Dr. Victor Falk** *(ermutigend):*

„Ich bin überzeugt, dass wir das schaffen werden.
Bleiben Sie dran und halten Sie mich auf dem
Laufenden. Jede Minute zählt, da unser neues Team
bereits bereitsteht und wir in der Märchenwelt viel zu tun
haben.“

30. **Alaric Spellwright** *(mit einem letzten motivierenden
Ton):*

„Keine Sorge. Das Team ist hochmotiviert und wir
werden alles geben, um den Dimensionenspringer so
schnell wie möglich einsatzbereit zu machen. Die
Märchenwelt wartet nicht, und wir auch nicht.“

*(Die holographische Projektion verblasst langsam, und das magische Kommunikationsgerät kehrt zu seinem normalen Zustand zurück. Ein leises, beruhigendes Summen erklingt, während Dr. Falk das Gerät auf den Tisch legt und sich zurücklehnt, erfüllt von Zuversicht und Begeisterung über die bevorstehenden Fortschritte.)*

31. **Dr. Victor Falk** *(zufrieden, entschlossen):*
„Ein weiterer Schritt in Richtung Zukunft. Alaric, machen Sie weiter so. Unsere Vision wird Wirklichkeit. Bis bald wieder!"

*(Er blickt erneut auf die Uhr und stellt fest, dass es genau 10:45 Uhr ist. Mit einem letzten tiefen Atemzug richtet er sich auf und bereitet sich mental auf das bevorstehende Meeting vor, während der Dimensionenspringer im Hintergrund weiterhin sanft pulsiert. Ein sanftes Klingen begleitet seine Bewegung, als ob die Magie des Raumes ihn unterstützt.)*

**Ort:** Büro von Dr. Victor Falk

**Zeit:** Dienstag, 08.10., 10:45 Uhr

*(Dr. Victor Falk sitzt an seinem Schreibtisch und ordnet die Vertragsunterlagen für Frau Blume. Er blickt erwartungsvoll zur Tür, als diese sich leise öffnet. Frau Blume betritt den Raum mit fließenden, beinahe tanzenden Bewegungen. Sie trägt einen farbenfrohen Blazer und eine leuchtend blaue Bluse – ihre "Glücksbluse". Ihre Schuhe sind elegante Tanzschuhe mit glitzernden Sohlen.)*

1.   **Dr. Victor Falk** *(freundlich lächelnd):*
„Frau Blume, willkommen zurück. Ich hoffe, Sie hatten eine angenehme Anreise."

2.   **Frau Blume** *(mit sanftem Lächeln):*
„Danke, Herr Dr. Falk. Jeder Schritt war ein Teil des großen Tanzes des Lebens."

*(Sie bewegt sich anmutig durch den Raum, bemerkt dabei das rote Licht einer Überwachungskamera an der Wand und bleibt stehen.)*

3.     **Frau Blume** *(flüsternd):*

„Dieses rote Licht... es scheint die Geheimnisse des
Raumes einzufangen. Ist es ein stiller Beobachter
unserer Geschichte?"

4.     **Dr. Victor Falk** *(beruhigend):*

„Ah, das ist nur unsere Überwachungskamera. Sie
zeichnet alles auf, was hier passiert, zu
Sicherheitszwecken. Sie brauchen sich aber keine
Sorgen machen."

5.     **Frau Blume** *(nickt verträumt):*

„Die Kamera als Hüterin der Erinnerungen. Wie schön.
Ich habe nichts dagegen, heute trage ich meine
Glücksbluse – sie schützt mich mit ihrem positiven
Zauber."

6.     **Dr. Victor Falk** *(schmunzelt):*

„Ihre Glücksbluse steht Ihnen ausgezeichnet. Nun, ich
freue mich, Ihnen mitteilen zu können, dass wir Sie
gerne in unserem Team begrüßen würden."

7.     **Frau Blume** *(strahlt):*

„Das freut mich sehr. Unsere Zusammenarbeit wird wie
ein harmonischer Tanz sein."

8.     **Dr. Victor Falk:**

„Lassen Sie uns über die notwendigen Details ihres

Vertrages sprechen. Wir bieten Ihnen ein Jahresgehalt von 75.000 Euro an, zuzüglich eines leistungsabhängigen Bonus."

9. **Frau Blume** *(legt den Kopf schief, nachdenklich):*
„75.000 Euro... Eine interessante Zahl, aber so kommen wir noch nicht zusammen. Doch wissen Sie, Herr Dr. Falk, ich bringe besondere Fähigkeiten mit, die über das Gewöhnliche hinausgehen."

10. **Dr. Victor Falk** *(neugierig):*
„Erzählen Sie mir mehr darüber."

11. **Frau Blume** *(mit geheimnisvollem Lächeln):*
„Nun, Herr Dr. Falk, wie Sie vielleicht bereits in meinen Unterlagen entdeckt haben, bringe ich Fähigkeiten mit, die über das Übliche hinausgehen. Ich habe zahlreiche magische Zertifikate erworben, die meine besondere Expertise unterstreichen. Eines davon ist die Kunst der Traumweberei. Lassen Sie mich erklären, was das bedeutet."

*(Sie lehnt sich leicht vor, ihre Stimme wird sanfter, fast hypnotisch, während sie fortfährt.)*

„Die Traumweberei ist die Fähigkeit, Emotionen, Visionen und Geschichten so miteinander zu verweben, dass sie tief in das Unterbewusstsein der Menschen eindringen. Ich kann Botschaften kreieren, die nicht nur gehört oder gesehen werden, sondern die Herzen der Menschen berühren und in ihren Gedanken nachhallen. Stellen Sie sich vor, unsere Marketingkampagnen wären nicht nur einfache Werbebotschaften, sondern Tore zu fantastischen Welten, die die Kunden begeistern und inspirieren."

*(Sie macht eine elegante Handbewegung, als würde sie einen unsichtbaren Faden spinnen.)*

„Durch die Traumweberei kann ich Erlebnisse schaffen, die unsere Marke unvergesslich machen. Wir könnten zum Beispiel eine Kampagne entwickeln, bei der die Kunden in ihren Träumen von unseren Produkten erfahren, eingebettet in wunderbare Geschichten voller Magie und Emotionen. So entsteht eine tiefere Verbindung zur Marke, die rationales Denken mit emotionaler Bindung verknüpft."

*(Sie lächelt und ihre Augen strahlen.)*

„In einer Welt, in der Konsumenten täglich mit unzähligen Botschaften bombardiert werden, ist es essenziell, sich abzuheben. Mit meiner Fähigkeit können wir eine Brücke zwischen Realität und Fantasie schlagen, die unsere Kunden nicht nur anspricht, sondern verzaubert. Ist das

nicht eine einzigartige Fähigkeit, die eine besondere
Wertschätzung verdient?"

*(Sie lehnt sich zurück und beobachtet Dr. Falk
aufmerksam, während sie auf seine Reaktion wartet.)*

12. **Dr. Victor Falk** *(beeindruckt):*
    „Das klingt in der Tat bemerkenswert, Frau Blume. Ihre
    Fähigkeiten scheinen weit über das Gewöhnliche
    hinauszugehen. Können Sie mir genauer erläutern, wie
    Sie diese Traumweberei in Ihrer täglichen Arbeit
    einsetzen würden?"

13. **Frau Blume:**
    „Natürlich, Herr Dr. Falk. Stellen Sie sich vor, unsere
    Marketingkampagnen wären nicht nur einfache
    Werbebotschaften, sondern lebendige Geschichten, die
    direkt in die Herzen und Köpfe unserer Kunden fließen.
    Mit meiner Traumweberei kann ich Visionen erschaffen,
    die unsere Zielgruppe in fantastische Welten entführen –
    ähnlich wie in den klassischen Märchen, die uns alle seit
    unserer Kindheit fasziniert haben."

14. **Dr. Victor Falk** *(nachdenklich und beeindruckt):*
    „Ihre Ausführungen sind faszinierend, Frau Blume. Die
    Verbindung von klassischen Märchenelementen mit
    modernen Marketingstrategien könnte tatsächlich eine
    revolutionäre Wirkung erzielen. Ihre Referenzen und

bisherigen Erfolge in der Märchenwelt sprechen für sich. Ich bin überzeugt, dass Ihre Fähigkeiten unser Marketingteam bereichern werden."

15. **Frau Blume** *(lächelt sanft, ihre Stimme bleibt ruhig und inspirierend):*

„Ich freue mich, dass Sie meine Vision teilen, Herr Dr. Falk. Gemeinsam können wir Geschichten weben, die nicht nur informieren, sondern auch verzaubern und unsere Kunden auf eine magische Reise mitnehmen."

16. **Dr. Victor Falk** *(nickt zustimmend):*

„Das könnte unseren Ansatz wirklich bereichern. In Anbetracht dessen könnten wir Ihr Gehalt auf 80.000 Euro anheben."

17. **Frau Blume** *(lächelt sanft):*

„Ich schätze Ihr Entgegenkommen, Herr Dr. Falk. Das ist schonmal ein guter Schritt in die richtige Richtung. Aber zudem besitze ich das seltene Talent der Farbenharmonie. Dieses Talent ermöglicht es mir, Farbtöne so zu kombinieren, dass sie nicht nur ästhetisch ansprechend sind, sondern auch tiefgreifende Emotionen wecken und die Sinne unserer Zielgruppe ansprechen. Lassen Sie mich Ihnen ein paar Beispiele aus bekannten Märchen nennen, bei denen ich beratend tätig war."

*(Sie macht eine elegante Handbewegung, als würde sie die Farben des Regenbogens in die Luft malen.)*

„Nehmen wir zum Beispiel das Märchen von **Dornröschen**. In dieser Geschichte spielte die Farbgestaltung eine entscheidende Rolle, um die Magie des verzauberten Schlosses zu unterstreichen. Durch die harmonische Kombination von sanften Pastelltönen mit lebendigen Akzenten konnte ich die Atmosphäre so gestalten, dass sie sowohl die Ruhe des Schlafes als auch die aufkommende Hoffnung der Rettung widerspiegelt. Diese gezielte Farbwahl half dabei, die emotionale Tiefe der Geschichte zu verstärken und die visuelle Erzählung zu bereichern."

*(Sie wechselt elegant die Handposition, als würde sie die Farben eines Sonnenuntergangs einfangen.)*

„Ein weiteres Beispiel ist **Aschenputtel**. Hier war es essenziell, die Transformation von Aschenputtel zu ihrer prachtvollen Erscheinung präzise zu gestalten. Durch die geschickte Nutzung von Kontrasten – die kargen, grauen Farben der Aschewelt im Gegensatz zu den funkelnden, goldenen Tönen des Ballkleides – konnte ich die Verwandlung visuell verstärken. Diese Farbstrategie verlieh der Geschichte eine klare visuelle Metapher für Veränderung und Hoffnung."

„Und wer könnte **Hänsel und Gretel** vergessen? In diesem Märchen war die Farbauswahl entscheidend, um die düstere Stimmung des Hexenhauses mit den leuchtenden Farben der Lebkuchenhaus-Fassade zu kontrastieren. Durch die harmonische Integration von warmen, einladenden Farben und kalten, bedrohlichen Tönen konnte ich die Spannung zwischen Gefahr und Sicherheit visuell darstellen. Diese Farbgestaltung unterstützte nicht nur die narrative Struktur, sondern machte die Geschichte auch für die Zuschauer fesselnder und einprägsamer."

*(Sie zieht sich leicht zurück, als würde sie die Wirkung ihrer Farbgestaltung genießen.)*

„Durch meine Fähigkeiten in der Farbenharmonie kann ich sicherstellen, dass unsere Marketingkampagnen nicht nur visuell beeindruckend sind, sondern auch die richtigen Emotionen hervorrufen und eine tiefere Verbindung zu unserer Zielgruppe herstellen. Farben können Geschichten erzählen, Stimmungen erzeugen und Erinnerungen schaffen – genau das möchte ich für die ManiCore Group erreichen. Ist das nicht eine Fähigkeit, die eine besondere Wertschätzung verdient?"

*(Sie blickt Dr. Falk aufmerksam an, ihre Stimme ist ruhig und überzeugt, während sie auf seine Reaktion wartet.)*

18. **Dr. Victor Falk** *(interessiert):*

    „Ihre Ausführungen sind wirklich beeindruckend, Frau Blume. Die Art und Weise, wie Sie Farben nutzen, um emotionale und narrative Tiefe zu schaffen, könnte unser Marketing auf ein ganz neues Level heben. Ihre Beispiele aus der Märchenwelt verdeutlichen mir zudem, wie kraftvoll und wirkungsvoll Ihre Ansätze sind. Farbenharmonie ist wichtig im Marketing."

19. **Frau Blume** *(zieht ein kleines, kunstvoll gestaltetes Portfolio aus ihrer Tasche):*

    „Ich freue mich, dass Sie die Bedeutung der Farbenharmonie erkennen, Herr Dr. Falk. Es ist nicht nur eine ästhetische Entscheidung, sondern eine strategische Maßnahme, um die Botschaften unserer Kampagnen tief in das Bewusstsein unserer Kunden zu weben."

20. **Dr. Victor Falk** *(blättert durch das Portfolio):*

    „Beeindruckend. Ihre Arbeit ist wirklich einzigartig."

21. **Frau Blume:**

    „Danke. Diese Fähigkeit könnte unseren Kampagnen eine unverwechselbare Identität verleihen. Wäre das nicht eine weitere Überlegung wert?"

22. **Dr. Victor Falk** *(lächelt):*

„In Anbetracht Ihrer einzigartigen Fähigkeiten und der
bereits gezeigten Erfolge in der Märchenwelt, denke ich,
dass eine Anpassung Ihres Gehalts gerechtfertigt ist.
Lassen Sie uns Ihr Jahresgehalt auf 85.000 Euro
erhöhen, um Ihre kreativen Beiträge angemessen zu
honorieren."

23. **Frau Blume** *(neigt den Kopf dankbar):*

„Ich freue mich über Ihre Wertschätzung, Herr Dr. Falk.
Doch meine Reise endet hier nicht. Ich bin imstande, mit
den Winden der Inspiration zu kommunizieren. Das
bedeutet, ich kann Trends vorhersehen und unsere
Strategien entsprechend ausrichten."

*(Sie lehnt sich leicht vor, als würde sie die unsichtbaren
Winde fühlen, die ihre Worte begleiten.)*

„Lassen Sie mich Ihnen einige Beispiele aus der
Märchenwelt geben, die meine Fähigkeit illustrieren und
zeigen, wie ich diese nachhaltig beeinflusst habe.
Nehmen wir Aschenputtel. In diesem klassischen
Märchen ging es immer um die Verwandlung und die
Anerkennung von innerem Wert. Durch meine
Kommunikation mit den Winden der Inspiration konnte
ich sicherstellen, dass Aschenputtel nicht nur zu ihrer
Party kam, sondern auch nachhaltige Veränderungen in

ihrer Umgebung bewirkte. Ich inspirierte sie dazu, ihr eigenes kleines Unternehmen zu gründen, das nachhaltig hergestellte Kleidung verkauft – ein modernes Pendant zu ihrem gläsernen Schuh, das langfristig positiven Einfluss auf ihre Gemeinschaft hatte."

*(Sie lächelt sanft und ihre Hände bewegen sich elegant, als würde sie die unsichtbaren Winde formen.)*

„Ein weiteres Beispiel ist Rotkäppchen. Ursprünglich dreht sich das Märchen um die Gefahr des Waldes und den Wolf. Durch meine Eingriffe habe ich die Geschichte so angepasst, dass Rotkäppchen und ihre Großmutter ein Netzwerk von Waldschutzorganisationen gründen. Diese Initiative sorgt dafür, dass der Wald nachhaltig bewirtschaftet wird und zukünftige Generationen vor den Gefahren geschützt sind. Die Winde der Inspiration halfen Rotkäppchen, ihre Ängste in positive Veränderungen umzuwandeln, wodurch die Märchenwelt eine nachhaltigere und sicherere Umgebung erhielt."

*(Sie wechselt elegant die Handposition, als würde sie die Farben eines Sonnenuntergangs einfangen.)*

„Und schließlich Dornröschen. In der ursprünglichen Geschichte wird die Prinzessin durch einen Fluch in einen tiefen Schlaf versetzt, bis ein Prinz sie erlöst. Durch meine Fähigkeit, die Winde der Inspiration zu lenken, habe ich dafür gesorgt, dass Dornröschen nicht nur erweckt wird, sondern auch die magische Barriere, die sie umgibt, in einen Schutzmechanismus verwandelt wurde. Dieser Schutzmechanismus bewahrt das Königreich vor zukünftigen Bedrohungen und fördert gleichzeitig nachhaltige Praktiken im gesamten Reich. So bleibt das Märchen nicht nur eine Geschichte von Rettung, sondern auch eine Erzählung von dauerhafter Sicherheit und Wohlstand."

*(Sie blickt Dr. Falk tief in die Augen, ihre Stimme ist ruhig und überzeugt.)*

„Durch diese Eingriffe habe ich gezeigt, dass meine Fähigkeiten nicht nur dazu dienen, Geschichten zu verändern, sondern auch nachhaltige positive Auswirkungen zu erzielen. Die Winde der Inspiration ermöglichen es mir, die Zukunft der Märchenwelt zu gestalten, indem ich innovative und dauerhafte Lösungen einführe. Diese Fähigkeit, Trends vorherzusehen und strategisch zu beeinflussen, ist eine besondere Stärke, die eine einzigartige Wertschätzung verdient."

24. **Dr. Victor Falk** *(erstaunt):*

„Sie können Trends vorhersagen? Das wäre ein unschätzbarer Vorteil. Ihre Ausführungen sind wirklich beeindruckend, Frau Blume. Die Art und Weise, wie Sie

klassische Märchen nutzen, um Ihre Fähigkeiten zu
veranschaulichen, zeigt nicht nur Ihre Kreativität,
sondern auch Ihr tiefes Verständnis für narrative
Strategien im Marketing. Ihre Fähigkeit, Trends
vorherzusehen und Strategien entsprechend
anzupassen, ist genau das, was wir benötigen, um
unsere Marke zukunftssicher zu gestalten"

25.  **Frau Blume** *(schließt die Augen, als würde sie
     lauschen):*

     „Ich freue mich, dass Sie die Bedeutung meiner
     Fähigkeiten erkennen, Herr Dr. Falk. Gemeinsam
     können wir Geschichten weben, die nicht nur
     informieren, sondern auch verzaubern und unsere
     Kunden auf eine magische Reise mitnehmen. Die Winde
     flüstern mir zu, welche Wege wir gehen sollten. So sind
     wir immer einen Schritt voraus."

26.  **Dr. Victor Falk** *(nachdenklich):*

     „Das könnte unsere Marktposition stärken. Unter diesen
     Umständen könnten wir Ihr Gehalt auf 88.000 Euro
     anpassen. Damit bin ich aber schon weit über meinem
     möglichen Budget hinaus. Doch ihre Fähigkeiten sind
     einzigartig und die müssen auch entsprechend honoriert
     werden – keine Frage."

27. **Frau Blume** *(lächelt geheimnisvoll):*

„Ich bin erfreut über Ihre Wertschätzung, Herr Dr. Falk.
Doch meine Reise endet hier nicht. Ich bin imstande, den
Herzschlag der Märchenwelt zu fühlen. Das bedeutet, ich
kann Geschichten erschaffen, die die Menschen tief im
Innersten berühren und nachhaltig beeinflussen. Lassen
Sie mich Ihnen einige Beispiele aus anderen bekannten
Märchen geben, die meine Fähigkeit illustrieren und
zeigen, wie ich diese nachhaltig beeinflusst habe."

„Nehmen wir zum Beispiel **Schneewittchen**. In der
ursprünglichen Geschichte liegt der Fokus auf der
Schönheit und dem Konflikt mit der bösen Königin. Durch
meine Fähigkeit, den Herzschlag der Märchenwelt zu
fühlen, habe ich die Geschichte so erweitert, dass
Schneewittchen nicht nur eine passive Figur ist, sondern
eine aktive Gestalterin ihrer eigenen Geschichte. Ich
habe ihr die Fähigkeit verliehen, durch ihre Weisheit und
Führungsstärke die Zwerge zu inspirieren, nachhaltige
Lebensweisen im Wald zu etablieren. Dies fördert eine
Botschaft der Selbstbestimmung und des
Umweltschutzes, die unsere Marketingkampagnen mit
einer starken, inspirierenden Erzählung bereichern."

28. **Dr. Victor Falk** *(nachdenklich):*

„Davon habe ich gehört – das waren Sie?"

29. **Frau Blume** *(lächelt geheimnisvoll):*

„Ohja, und nicht nur das. Ein weiteres Beispiel ist
**Rapunzel**. Ursprünglich dreht sich das Märchen um ihre
langen Haare und die Isolation im Turm. Durch meine
Intervention habe ich Rapunzels Geschichte so gestaltet,
dass sie nicht nur eine Gefangene ist, sondern eine
Innovatorin, die ihre Kreativität nutzt, um den Turm in ein
Zentrum für nachhaltige Landwirtschaft zu verwandeln.
Ihre Haare dienen nun nicht nur der Rettung, sondern
auch als Symbol für Wachstum und Erneuerung. Diese
Erweiterung der Geschichte betont die Bedeutung von
Innovation und Nachhaltigkeit, was unsere
Marketingstrategien mit einer positiven,
zukunftsorientierten Botschaft stärkt."

30. **Dr. Victor Falk** *(nachdenklich):*

„Davon habe ich auch gehört – stand letztens erst in der
Märchenpostille…"

31. **Frau Blume** *(lächelt geheimnisvoll):*

„Ich weiß, sogar mit einem doppelseitigen Foto von mir.
Darauf bin ich besonders stolz."

32. **Dr. Victor Falk** *(nachdenklich):*

„Zu Recht. Erzählen Sie mir mehr davon."

33. **Frau Blume** *(lächelt geheimnisvoll):*

„Gerne. Nehmen wir als weiteres Beispiel **die Bremer**

**Stadtmusikanten**. Ursprünglich geht es darum, dass vier alternde Tiere sich zusammenschließen, um als Stadtmusikanten in Bremen erfolgreich zu sein. Durch meine Fähigkeit, den Herzschlag der Märchenwelt zu fühlen, habe ich die Geschichte so beeinflusst, dass die Tiere nicht nur Musiker sind, sondern auch als Botschafter für nachhaltige Praktiken und gemeinschaftliches Arbeiten auftreten. Sie inspirieren die Bewohner von Bremen dazu, umweltfreundliche Initiativen zu starten und gemeinsam an einer grüneren Stadt zu arbeiten. Diese Transformation der Geschichte fördert eine Botschaft der Zusammenarbeit und Nachhaltigkeit, die perfekt zu unseren Unternehmenswerten passt."

34. **Dr. Victor Falk** *(nachdenklich):*
    „Beeindruckend. Aber Frau Blume, sie werden uns zu teuer glaube ich langsam."

35. **Frau Blume** *(lächelt geheimnisvoll):*
    „Qualität muss seinen Preis haben, Herr Dr. Falk. Der Vollständigkeit halber muss ich noch **den Froschkönig** erwähnen. In der klassischen Version dreht sich alles um die Verwandlung des Frosches in einen Prinzen durch die Hilfe eines Mädchens. Durch meine Eingriffe habe ich die Geschichte so erweitert, dass der Froschkönig eine Schlüsselrolle in der Förderung von

Umweltbewusstsein und nachhaltigen Lebensweisen
spielt. Er nutzt seine neu gewonnene königliche Position,
um Projekte zur Wasserreinigung und zum Schutz der
Natur ins Leben zu rufen. Diese Anpassung der
Geschichte betont die Wichtigkeit von Verantwortung
und nachhaltigem Handeln, was unsere
Marketingkampagnen mit einer starken,
umweltbewussten Botschaft unterstützt."

36. **Dr. Victor Falk** *(nachdenklich):*
"Ich bin geflasht, Frau Blume. Ihre Ausführungen sind
wirklich beeindruckend."

37. **Frau Blume** *(lächelt geheimnisvoll):*
"Ich könnte noch stundenlang weiter ausführen. Durch
diese und andere Beispiele habe ich gezeigt, dass meine
Fähigkeiten nicht nur dazu dienen, Geschichten zu
erzählen, sondern auch nachhaltige und positive
Veränderungen in der Märchenwelt zu bewirken. Die
Winde der Inspiration ermöglichen es mir, die Zukunft
der Märchenwelt zu gestalten, indem ich innovative und
dauerhafte Lösungen einführe. Diese Fähigkeit, Trends
vorherzusehen und Strategien entsprechend
anzupassen, ist eine besondere Stärke, die eine
einzigartige Wertschätzung verdient."

38. **Dr. Victor Falk** *(fasziniert):*

„Geschichten sind mächtige Werkzeuge im Marketing.
Und wie würden Sie das für ManiCore einsetzen?"

39. **Frau Blume:**

„Wir würden Kampagnen entwickeln, die nicht nur
Produkte verkaufen, sondern Träume erfüllen. Wir
schaffen eine Welt, in der unsere Marke zum Symbol für
Hoffnung und Inspiration wird."

40. **Dr. Victor Falk** *(beeindruckt):*

„Ihre Vision ist wirklich bemerkenswert, Frau Blume. Ich
halte es für angemessen, Ihr Gehalt auf 90.000 Euro
festzulegen. Allerdings muss ich gestehen, dass ich
dieses Budget bereits überschritten habe. Daher muss
ich Ihre Gehaltsanpassung noch vom Vorstand
genehmigen lassen. Ich bin jedoch zuversichtlich, dass
wir auch dieses Mal eine positive Zustimmung erhalten
werden."

41. **Frau Blume** *(verbeugt sich leicht):*

„Ich danke Ihnen, Herr Dr. Falk. Mit diesen
Rahmenbedingungen können wir Großes vollbringen."

42. **Dr. Victor Falk:**

„Freut mich, dass wir eine Einigung erzielen konnten.
Kommen wir zu den Zusatzleistungen. Sie haben

erwähnt, dass Ihnen die betriebliche Altersvorsorge
wichtig ist."

43. **Frau Blume** *(ernst):*

„Ja, aber nicht irgendeine. Ich wünsche mir eine
Altersvorsorge, die in magische Projekte investiert – in
Orte, an denen Träume wachsen und Fantasie gefördert
wird."

44. **Dr. Victor Falk** *(überlegt):*

„Wir könnten Ihre Vorsorge in nachhaltige und kreative
Projekte investieren, die Ihren Vorstellungen
entsprechen."

45. **Frau Blume** *(lächelt):*

„Das wäre wunderbar. Zudem benötige ich eine
Zusatzversicherung für magische Zwischenfälle."

46. **Dr. Victor Falk** *(verwirrt):*

„Magische Zwischenfälle? Könnten Sie das näher
erläutern?"

47. **Frau Blume** *(mit ernster Miene):*

„In meiner Arbeit mit Träumen und Fantasie kann es
vorkommen, dass sich die Grenzen zwischen der
Märchenwelt und unserer Realität verwischen. Stellen
Sie sich vor, wir nutzen intensive Traumweberei, um
unsere Marketingkampagnen zu gestalten – diese

Technik ist so kraftvoll, dass sie die Geschichten und Charaktere, die wir erschaffen, für kurze Zeit in unsere reale Welt projizieren kann. Beispielsweise könnte eine besonders starke emotionale Botschaft dazu führen, dass eine Figur aus einem unserer Märchen vorübergehend sichtbar wird oder dass magische Effekte, wie funkelnde Lichter oder sanfte Nebelschwaden, in unseren Büros erscheinen.

Diese unerwarteten magischen Zwischenfälle können zwar die Atmosphäre bereichern und unsere Kampagnen einzigartig machen, bergen jedoch auch Risiken. Ein plötzlich auftretender magischer Effekt könnte die Arbeitsumgebung stören oder Missverständnisse bei Kunden und Mitarbeitern verursachen. Darüber hinaus könnten unkontrollierte magische Manifestationen unerwartete Schäden anrichten oder unsere Daten beeinträchtigen.

Deshalb ist eine spezielle Versicherung unerlässlich. Sie würde uns beide schützen, falls solche magischen Ereignisse außer Kontrolle geraten und zu physischen oder finanziellen Schäden führen. Diese Versicherung stellt sicher, dass wir unsere kreativen Prozesse weiterhin frei entfalten können, ohne uns über die potenziellen Konsequenzen Sorgen machen zu müssen. So können wir innovative und magische

Marketingstrategien entwickeln, die sowohl inspirierend
als auch sicher sind.“

48.  **Dr. Victor Falk** *(nachdenklich, aber zustimmend):*

„Ich verstehe. Wir könnten eine spezielle Police
einrichten, die solche Ereignisse abdeckt. Ich denke, das
macht wirklich mehr als Sinn!“

49.  **Frau Blume:**

„Ausgezeichnet. Das gibt mir Sicherheit und Freiheit,
mein volles Potenzial zu entfalten.“

50.  **Dr. Victor Falk:**

„Und das sollen sie. Sehr gut. Gibt es noch weitere
Wünsche, die Sie gerne im Vertrag festhalten möchten?“

51.  **Frau Blume** *(nickt):*

„Ja. Ich wünsche mir ein Budget für magische
Ressourcen – seltene Bücher, Zauberwerkzeuge und
Zugang zu inspirierenden Orten.“

52.  **Dr. Victor Falk:**

„Ein Weiterbildungsbudget für kreative und inspirative
Materialien ist durchaus üblich. Wir können das
einrichten.“

53.  **Frau Blume** *(freudig):*

„Vielen Dank. Das wird unsere Arbeit bereichern.“

54. **Dr. Victor Falk:**

„Gibt es sonst noch etwas?"

55. **Frau Blume:**

„Hmm … ich denke schon sehr lange über den folgenden
Punkt nach."

56. **Dr. Victor Falk:**

„Nun sagen Sie schon."

57. **Frau Blume:**

„Hmm Ich würde gerne einen persönlichen Assistenten
haben – einen weisen Raben, der Nachrichten überbringt
und mir bei der Organisation hilft."

58. **Dr. Victor Falk** *(erstaunt, aber lächelnd):*
„Ein Rabe als Assistent? Nun, Tiere im Büro könnten
problematisch sein – vor allem neben unserem kleine
Flugdinosaurier oder Flugdrachen – aber vielleicht
könnten wir eine symbolische Lösung finden."

59. **Frau Blume** *(überlegt):*
„Vielleicht ein virtueller Rabe – eine spezielle Software,
die mir auf magische Weise hilft."

60. **Dr. Victor Falk** *(erleichtert):*
„Das klingt durchaus machbar. Unsere IT-Abteilung kann

Ihnen da sicher ein entsprechendes Programm
einrichten."

61. **Frau Blume** *(zufrieden):*

„Das wäre perfekt. So bleibt die Magie gewahrt."

62. **Dr. Victor Falk:**

„Dann sind wir uns einig?"

63. **Frau Blume** *(nickt):*

„Ja, ich denke, unser Vertrag ist nun wie ein gut
komponiertes Lied – harmonisch und erfüllend."

64. **Dr. Victor Falk:**

„Ausgezeichnet. Dann lassen Sie uns den Vertrag
unterzeichnen."

65. **Frau Blume** *(steht plötzlich auf):*

„Moment! Bevor wir das tun, muss ich mein Outfit
wechseln. Es ist wichtig, dass ich beim Unterzeichnen
das richtige Gewand trage."

66. **Dr. Victor Falk** *(überrascht, aber höflich):*

„Natürlich. Soll ich Ihnen einen Moment allein geben?"

67. **Frau Blume:**

„Ja, bitte drehen Sie sich kurz um. Ich werde mich
beeilen."

68. **Dr. Victor Falk** *(dreht sich um, schmunzelt):*

„Kein Problem. Ich halte solange die Zimmerpflanze vor
die Kamera."

*(Er nimmt die Zimmerpflanze und hält sie humorvoll vor
die Kamera. Frau Blume wechselt ihr Outfit in
Windeseile. Sie trägt nun ein funkelndes, silbernes Kleid,
das im Licht schimmert.)*

69. **Frau Blume** *(fertig):*

„Sie können sich wieder umdrehen."

70. **Dr. Victor Falk** *(dreht sich um, beeindruckt):*

„Sie sehen bezaubernd aus. Das Kleid passt perfekt zum
Anlass."

71. **Frau Blume** *(lächelt):*

„Danke. Jetzt bin ich bereit, den Vertrag zu
unterzeichnen."

72. **Dr. Victor Falk** *(reicht ihr den Vertrag):*

„Hier bitte."

*(Beide unterschreiben den Vertrag feierlich.)*

73. **Dr. Victor Falk:**

„Willkommen bei der ManiCore Group, Frau Blume."

74. **Frau Blume** *(verbeugt sich leicht):*

„Ich freue mich auf unsere gemeinsame Reise."

75. **Dr. Victor Falk:**

„Wann möchten Sie Ihren ersten Tag beginnen?"

76. **Frau Blume:**

„Morgen, wenn die Sonne ihren höchsten Punkt erreicht
und die Magie am stärksten ist."

77. **Dr. Victor Falk** *(lächelnd):*

„Also um 12 Uhr?"

78. **Frau Blume** *(zwinkert):*

„Genau. Dann ist die Zeit reif für neue Wunder."

79. **Dr. Victor Falk:**

„Gut, wir erwarten Sie morgen um 12 Uhr. Gibt es noch
etwas, das wir vorbereiten sollen?"

80. **Frau Blume:**

„Ein Raum mit viel Licht und Platz für Inspiration wäre
schön. Und vielleicht ein kleiner Garten mit Blumen, die
meine Kreativität nähren."

81. **Dr. Victor Falk:**

„Wir werden sehen, was sich einrichten lässt."

82. **Frau Blume** *(dankbar):*

„Vielen Dank. Ihre Unterstützung bedeutet mir viel."

83. **Dr. Victor Falk:**

„Es ist uns wichtig, dass Sie sich wohlfühlen und Ihr volles Potenzial entfalten können."

84. **Frau Blume:**

„Dann verabschiede ich mich für heute und freue mich auf morgen."

85. **Dr. Victor Falk:**

„Auf Wiedersehen, Frau Blume. Ich wünsche Ihnen einen zauberhaften Tag."

86. **Frau Blume** *(mit einem letzten, eleganten Schwung):*
„Möge die Magie stets mit Ihnen sein."

*(Sie verlässt das Büro mit fließenden Bewegungen. Dr. Falk sieht ihr nach und lächelt.)*

87. **Dr. Victor Falk** *(zu sich selbst):*
„Eine außergewöhnliche Frau. Sie ist zwar etwas irre, aber das suchen wir hier!"

*(Er setzt sich an seinen Schreibtisch und macht einige Notizen.)*

88. **Dr. Victor Falk** *(notiert):*

„Frau Blume – besondere Fähigkeiten in Traumweberei,
Farbenharmonie und Trendvorhersage.
Vertragsbedingungen angepasst. Zusatzleistungen
beinhalten magische Versicherung und
Ressourcenbudget."

89. **Dr. Victor Falk** *(lehnt sich zurück):*

„Ihre Ideen könnten tatsächlich einen Unterschied
machen. Mal sehen, wie sich das entwickelt."

*(Er blickt aus dem Fenster, die Sonne scheint hell.)*

90. **Dr. Victor Falk:**

„Vielleicht steckt mehr Magie in unserem Alltag, als ich
dachte."

*(Sein Telefon klingelt. Er nimmt den Hörer ab.)*

91. **Dr. Victor Falk:**

„Falk hier. Ja, Frau Schmidt, bitte bereiten Sie alles für
Frau Blumes Start morgen vor. Ja, besondere
Anforderungen. Ich sende Ihnen gleich die Details."

*(Er legt auf und beginnt eine E-Mail zu tippen.)*

92. **Dr. Victor Falk** *(schreibt):*

„An Frau Schmidt: Bitte organisieren Sie für Frau Blume
einen Arbeitsplatz mit viel Licht und kreativen Elementen.

Zudem benötigen wir eine spezielle Software für sie.
Details folgen."

*(Er sendet die E-Mail ab und lehnt sich zurück.)*

93. **Dr. Victor Falk (schmunzelt):**

„Ein magischer Touch könnte uns allen gut tun."

*(Er schließt seine Unterlagen und bereitet sich auf das nächste Meeting vor.)*

**Ort:** Büro von Dr. Victor Falk

**Zeit:** Dienstag, 08.10., 11:15 Uhr


*(Dr. Victor Falk sitzt an seinem Schreibtisch und bereitet die Vertragsunterlagen für Herr Vogel vor. Er blickt gespannt zur Tür, neugierig auf die bevorstehende Begegnung.)*

1.   **Dr. Victor Falk** *(zu sich selbst, erwartungsvoll):*
"Ich bin gespannt, wie Herr Vogel heute auftreten wird. Seine Einfälle sind immer... überraschend."

*(Plötzlich hört man ein leises Klingeln und das leise Surren von Reifen auf dem Flur. Die Tür öffnet sich, und Herr Vogel fährt auf einem eleganten Einrad ins Büro. Er trägt einen strengen Nadelstreifenanzug, kombiniert mit robusten Timberland-Bootsschuhen mit dicken Sohlen. Sein Haar ist akribisch nach hinten gekämmt.)*

2.   **Dr. Victor Falk** *(erstaunt, aber bemüht, professionell zu bleiben):*
"Herr Vogel! Willkommen. Ich sehe, Sie haben ein ungewöhnliches Verkehrsmittel gewählt."

3.   **Herr Vogel** *(steigt elegant vom Einrad, nimmt seinen Hut
ab und lächelt):*

"Guten Tag, Herr Dr. Falk! Ja, das Einrad, wie Sie
sehen, ist nicht nur ein Fortbewegungsmittel, sondern
eine Philosophie. Es steht für den Balanceakt, den wir
Juristen jeden Tag vollführen müssen: zwischen
Tradition und Innovation, zwischen alten
Rechtsprinzipien und den ständigen Veränderungen der
modernen Welt. Einradfahren erfordert Präzision,
Konzentration und ein Gespür für das Gleichgewicht –
genau wie unsere Arbeit. Es lehrt uns, dass jeder noch
so kleine Fehler große Konsequenzen haben kann. Aber
wenn man es meistert, Herr Dr. Falk, dann gleitet man
elegant durch die Herausforderungen, genauso wie wir
durch juristische Fallstricke navigieren. Es ist der
perfekte Ausdruck von Kontrolle in einer Welt, die sich
ständig im Wandel befindet."

*(Herr Vogel streicht sich über den akkurat gekämmten
Scheitel und setzt sich mit einem selbstbewussten
Lächeln.)*

4.   **Dr. Victor Falk** *(schmunzelnd, blickt auf die Timberland-
Schuhe):*

"Ein interessanter Vergleich. Und Ihre Schuhe sind...
robust."

5. **Herr Vogel** *(nickt zustimmend):*
"Absolut. Sie verbinden Komfort mit Stabilität. Ein festes
Fundament ist in unserer Branche unerlässlich."

*(Er stellt das Einrad sorgfältig an die Seite und setzt
sich.)*

6. **Dr. Victor Falk:**
"Bitte, nehmen Sie doch Platz."

7. **Herr Vogel** *(setzt sich, legt seinen Hut auf den Tisch):*
"Danke."

8. **Dr. Victor Falk** *(öffnet die Vertragsunterlagen):*
"Lassen Sie uns über die Vertragsdetails sprechen."

9. **Herr Vogel** *(lehnt sich zurück, die Fingerkuppen
aneinander legend):*
"Gerne."

10. **Dr. Victor Falk:**
"Wir möchten Ihnen ein Jahresgehalt von 140.000 Euro
anbieten, zuzüglich eines leistungsabhängigen Bonus
und weiterer Vorteile."

11. **Herr Vogel** *(nickt nachdenklich):*
"Ein großzügiges Angebot. Lassen Sie uns die
Einzelheiten durchgehen."

12. **Dr. Victor Falk:**

"Natürlich. Neben dem Gehalt bieten wir Ihnen aber auch einen Firmenwagen, ein modernes Elektroauto."

13. **Herr Vogel** *(hebt eine Augenbraue):*

"Ein Elektroauto? Eine noble Geste, doch ich fürchte, die Elektromobilität ist noch nicht ausgereift."

14. **Dr. Victor Falk** *(überrascht):*

"Wie meinen Sie das?"

15. **Herr Vogel** *(legt die Hände bedächtig auf den Tisch, lehnt sich nach vorne und spricht in einem sachlichen, fast dozierenden Ton):*

"Nun, Herr Dr. Falk, die Frage der Elektromobilität wird oft sehr einseitig betrachtet. Die öffentliche Diskussion konzentriert sich fast ausschließlich auf den emissionsfreien Betrieb eines Elektrofahrzeugs, was natürlich wichtig ist. Aber wenn man die gesamte Lebenszyklusanalyse eines Elektroautos betrachtet, ergeben sich einige gravierende ökologische Bedenken. Die Herstellung der Batterien, vor allem Lithium-Ionen-Akkus, ist extrem energieintensiv. Lithium, Kobalt und Nickel müssen in aufwendigen Verfahren gewonnen werden, häufig unter problematischen Bedingungen, was sowohl soziale als auch ökologische Kosten mit sich bringt. Diese Rohstoffe sind oft nur in bestimmten

Regionen der Welt zu finden, und deren Abbau verursacht erhebliche Umweltschäden."

*(Herr Vogel nimmt einen Schluck Wasser, als würde er sich für eine wissenschaftliche Präsentation vorbereiten.)*

„Nun, selbst wenn wir davon ausgehen, dass der Strom, der zur Herstellung und zum Betrieb dieser Fahrzeuge verwendet wird, ausschließlich aus erneuerbaren Energien stammt, haben wir immer noch das Problem der Entsorgung. Die Batterien selbst enthalten giftige Chemikalien, die nur schwer zu recyceln sind. Zwar gibt es Ansätze für ein effizienteres Recycling, aber der Prozess steht noch in den Kinderschuhen. Und selbst wenn wir diese Recyclingverfahren perfektionieren, bleibt die Tatsache, dass die Umweltbelastung in den frühen Phasen des Lebenszyklus dieser Fahrzeuge bereits erheblich ist."

*(Herr Vogel macht eine kurze Pause, um Dr. Falk zu mustern, bevor er fortfährt.)*

„Sicherlich, der Übergang zu erneuerbaren Energien ist unvermeidlich und notwendig, aber es gibt auch andere, innovativere Ansätze zur Mobilität, die weniger auf die kurzfristige Emissionsreduktion und mehr auf eine ganzheitliche Nachhaltigkeitsstrategie setzen. Denken Sie etwa an synthetische Kraftstoffe oder

Wasserstofftechnologie, die in den letzten Jahren immer mehr an Bedeutung gewinnen. Sie haben das Potenzial, eine echte Alternative zu sein, ohne die schwerwiegenden Nachteile der Elektromobilität in Kauf zu nehmen. Kurz gesagt, solange wir den gesamten Lebenszyklus nicht optimieren, bleibt die Elektromobilität – trotz ihrer Vorteile – aus wissenschaftlicher Sicht eine ökologische Gratwanderung."

16. **Dr. Victor Falk** *(nachdenklich):*

"Das sind valide Punkte. Haben Sie eine Alternative im Sinn?"

17. **Herr Vogel** *(enthusiastisch):*

"In der Tat! Ich schlage ein Wasserstofffahrzeug vor oder vielleicht etwas Kreativeres."

18. **Dr. Victor Falk:**

"Kreativer? Was schwebt Ihnen vor?"

19. **Herr Vogel** *(enthusiastisch):*

"In der Tat! Ich schlage ein modernes Luftschiff vor."

20. **Dr. Victor Falk** *(verblüfft):*

"Ein Luftschiff?"

21. **Herr Vogel** *(mit leuchtenden Augen):*

"Ja! Luftschiffe sind energieeffizient, umweltfreundlich

und bieten eine unvergleichliche Aussicht. Sie könnten das neue Symbol für nachhaltige Mobilität werden."

22. **Dr. Victor Falk** *(versucht, ernst zu bleiben):*

"Das ist sicherlich... originell. Aber ist das praktisch umsetzbar?"

23. **Herr Vogel** *(überzeugt):*

"Mit der richtigen Infrastruktur, ja. Stellen Sie sich vor, ManiCore hätte eigene Luftschiff-Docks auf den Dächern unserer Gebäude. Ein visionäres Projekt!"

24. **Dr. Victor Falk** *(lächelnd):*

"Eine faszinierende Vorstellung. Ich werde das mit unserem Logistik-Team besprechen."

25. **Herr Vogel** *(zufrieden):*

"Hervorragend. Es freut mich, wenn meine Ideen Anklang finden."

26. **Dr. Victor Falk** *(lächelnd):*

"Sie strahlen noch so. Sie haben doch noch mehr Ideen dazu, oder`"

27. **Herr Vogel** *(mit leuchtenden Augen):*

"Durchaus, ich denke gerade an ein modernes Segway, das mit Solarenergie betrieben wird. Oder noch besser, ein kleines, ultraleichtes Fluggerät, das auf Prinzipien der Flugsaurier basiert."

28. **Dr. Victor Falk** *(versucht, ernst zu bleiben):*
"Ein Fluggerät? Basierend auf Flugsauriern?"

29. **Herr Vogel** *(eifrig):*
"Ja! Als Vorsitzender des 'Vereins zur Erhaltung des Wissens über prähistorische Flugreptilien' habe ich umfangreiche Studien über die Aerodynamik dieser Kreaturen durchgeführt. Wir könnten diese Erkenntnisse nutzen, um ein umweltfreundliches Transportmittel zu entwickeln."

30. **Dr. Victor Falk** *(schmunzelt):*
"Das klingt faszinierend, wenn auch etwas ambitioniert für den Firmenwagen. Vielleicht können wir zumindest ein Wasserstoffauto arrangieren."

31. **Herr Vogel** *(nickt zustimmend):*
"Akzeptiert. Ein Schritt in die richtige Richtung."

32. **Dr. Victor Falk:**
"Gut. Außerdem möchten wir Ihnen gerne ein Diensthandy zur Verfügung stellen, damit Sie immer erreichbar sind."

33. **Herr Vogel** *(lächelt leicht):*

"Ein Diensthandy? Nun, solange es nicht mehr
Intelligenz besitzt als sein Besitzer."

34. **Dr. Victor Falk** *(lacht):*

"Ich versichere Ihnen, es ist nur ein Werkzeug, kein
Konkurrent."

35. **Herr Vogel:**

"In Ordnung. Aber ich warne Sie, Technologie neigt
dazu, unberechenbar zu sein. Ich hoffe, es hat keine
Tendenz, eigenständig E-Mails zu versenden."

36. **Dr. Victor Falk** *(amüsiert):*

"Wir werden sicherstellen, dass es gut erzogen ist."

37. **Herr Vogel:**

"Danke. Dann nehme ich das Angebot gerne an."

38. **Dr. Victor Falk:**

"Hervorragend. Gibt es weitere Punkte, die Sie
besprechen möchten?"

39. **Herr Vogel:**

"In der Tat. Ich würde gerne aktiv im Projektgeschäft
tätig werden, nicht nur in juristischen Streitigkeiten."

40. **Dr. Victor Falk:**

"Wieso denn das?"

41.  **Herr Vogel** *(lehnt sich entspannt zurück, faltet die Hände vor sich und spricht mit einem leichten Schmunzeln, als würde er ein gut gehütetes Geheimnis lüften):*

„In der Tat, Herr Dr. Falk. Juristische Streitigkeiten sind zweifellos das Schlachtfeld, auf dem wir Anwälte unsere Taktiken und Strategien perfektionieren. Ein Ort, an dem jedes Argument wie ein Schachzug eingesetzt wird – präzise, durchdacht, manchmal sogar überraschend. Aber... der wahre Reiz liegt für mich im Projektgeschäft. Es ist, als stünde man am Rand einer unentdeckten Welt, bereit, juristisches Neuland zu betreten. Jedes Projekt ist wie eine Expedition, bei der man die Weichen für den Erfolg stellt, bevor die Probleme überhaupt entstehen. Eine präventive und gestaltende Rolle, die es ermöglicht, komplexe Vorhaben schon von Beginn an so zu navigieren, dass man mit Eleganz und Weitsicht den rechtlichen Herausforderungen begegnet.“

*(Herr Vogel neigt den Kopf und schaut Dr. Falk mit einem ernsthaften, aber begeisterten Blick an.)*

„Das Projektgeschäft, Herr Dr. Falk, ist wie das Entwerfen eines großartigen Schachspiels, bevor der erste Zug gemacht wird. Man legt die Regeln fest, man antizipiert mögliche Probleme, und man entwickelt eine Strategie, die weit über den ersten Schritt hinausgeht. Es ist... eine Art juristisches Ingenieurswesen, bei dem man das Fundament legt, bevor die Baukräne überhaupt anrücken. Jedes Projekt bietet die Gelegenheit, kreativ zu sein, Lösungen zu finden, bevor überhaupt Streitigkeiten entstehen. Es ist weniger der Kampf vor Gericht, sondern mehr die Kunst, den rechtlichen Rahmen so zu gestalten, dass man Streitigkeiten vermeidet und stattdessen innovative Wege findet, wie das Unternehmen in neue Märkte vorstoßen kann – rechtssicher, aber auch mutig."

*(Herr Vogel hebt die Hand, als würde er ein imaginäres Konstrukt vor sich formen.)*

„Natürlich stehe ich Ihnen auch weiterhin als erfahrener Anwalt zur Verfügung, wenn es nötig wird, das juristische Schwert zu zücken und in den Kampf zu ziehen. Doch die Idee, ein Projekt von Anfang an zu begleiten, es rechtlich zu formen, es zu einem sicheren Erfolg zu führen – das ist die wahre Herausforderung, die mich reizt. Es ist, als würde man nicht nur den Turm verteidigen, sondern das gesamte Schloss aufbauen, bevor der Feind überhaupt am Horizont erscheint."

*(Herr Vogel lächelt zufrieden, als ob er gerade eine besonders raffinierte Strategie in einem Schachspiel erklärt hätte.)*

42. **Dr. Victor Falk:**

"Das klingt durchaus interessant. Haben Sie konkrete Projekte im Sinn?"

43. **Herr Vogel:**

"Also ich denke jetzt nicht nur al solch banale Projekte, wie zum Beispiel die Entwicklung nachhaltiger Energiequellen oder innovativer Transportlösungen, wie wir sie gerade besprochen haben."

44. **Dr. Victor Falk:**

"Sondern? Wo sehen sie den dringenden Bedarf unserer Beratungsdienstleistungen?"

45. **Herr Vogel** *(lehnt sich nach vorne, seine Augen voller Begeisterung, als ob er gleich ein altes Geheimnis lüften würde):*

„Ja, Herr Dr. Falk, stellen Sie sich vor: Was wäre, wenn wir nicht nur nachhaltige Projekte entwickeln, sondern auch die größten Märchen der Menschheit verbessern würden? Nehmen wir zum Beispiel Rumpelstilzchen. Diese vertraglichen Unklarheiten, die die arme Müllerstochter mit dem kleinen Mann hatte – das wäre mit einer ordentlichen, rechtlich wasserdichten Vereinbarung nie passiert! Ich sehe es schon vor mir: ein detaillierter Vertrag mit klaren Fristen und Transparenz bei der Nennung des wahren Namens. Dazu noch ein ordentlicher Haftungsausschluss, falls der Stroh-zu-Gold-Transformationsprozess schiefgeht!"

*(Herr Vogel richtet sich auf und beginnt in theatralischer Geste zu sprechen, als würde er eine epische Vision zeichnen.)*

„Und dann Dornröschen! Wie ineffizient, eine ganze Bevölkerung für 100 Jahre in den Schlaf zu versetzen, nur um am Ende einen Prinzen die Sache regeln zu lassen. Mit einem interdisziplinären juristischen Beratungsgremium hätten wir das Schloss rechtzeitig wachgerüttelt – oder zumindest einen vorherigen Mediationsprozess zur Vermeidung des Fluches eingeleitet. Ich stelle mir ein Projektteam vor, das aus modernen Zauberern, Naturwissenschaftlern und Rechtsexperten besteht, um alternative Lösungswege zu entwickeln: etwa eine frühzeitige Heilung des Fluches durch eine rechtliche Klausel, die den Machtmissbrauch böser Feen direkt in Schranken weist."

*(Herr Vogel macht eine dramatische Pause, als würde er das Gewicht seiner Worte wirken lassen.)*

„Und denken Sie nur an das Märchen von Hänsel und Gretel. Es hätte nie so weit kommen müssen, dass die beiden Kinder die Hexe überlisten. Wir könnten präventiv eingreifen! Ein klar geregelter Sorgerechtsvertrag

zwischen den Eltern, dazu regelmäßige Audits für das
Lebkuchenhaus – und natürlich eine Sicherheitsvorschrift
für Öfen! Der Fall wäre abgeschlossen, bevor überhaupt
eine brenzlige Situation entsteht."

*(Herr Vogel beginnt, leise zu lachen, aber sein Ton bleibt
ernsthaft.)*

„Oder Schneewittchen – der Deal mit den sieben
Zwergen. Keinerlei schriftliche Abmachung über
Unterkunft und Verpflegung, geschweige denn
Arbeitsrecht! Mit einem klaren Dienstleistungsvertrag
hätten wir diese Angelegenheit längst geklärt, und die
böse Königin hätte gegen den magischen Spiegel eine
einstweilige Verfügung erhalten. Präventive
Maßnahmen, Herr Dr. Falk, das ist der Schlüssel – nicht
erst handeln, wenn der Apfel bereits vergiftet ist."

*(Herr Vogel lehnt sich zufrieden zurück, als hätte er
gerade den Masterplan für eine neue Ära der
Märchenwelt entwickelt.)*

„Sie sehen, Herr Dr. Falk, selbst die Märchenwelt
braucht unsere Expertise. Juristische Lösungen sind
nicht nur etwas für den Alltag, sie können auch ganze
Königreiche vor dem Chaos retten. Die Möglichkeiten
sind endlos! Und wer wäre besser geeignet, diese
Optimierungen durchzuführen, als wir?"

46. **Dr. Victor Falk:**

"Eindeutig – sie sind der richtige Mann für uns! Ich
denke, Ihr Beitrag könnte zukünftig noch sehr wertvoll für
uns sein."

47. **Herr Vogel:**

"Das würde ich sehr gerne tun. Es ist wichtig, dass Recht
und Innovation Hand in Hand gehen."

48. **Dr. Victor Falk:**

"Einverstanden. Übrigens, ich habe gehört, dass Sie
Interesse an unserem kleinen Flugdrachen Felix haben."

49. **Herr Vogel** *(begeistert):*

"Ja! Ich habe viel über ihn gehört. Es wäre mir eine Ehre,
meine Expertise aicj dort mit einzubringen, um den
Umgang mit ihm für die Mitarbeiter sicherer zu
gestalten."

50. **Dr. Victor Falk:**

"Das ist ein großartiges Angebot."

51. **Herr Vogel:**

"Allerdings müsste ich vorher eine zertifizierte Schulung
absolvieren und ein Abschlusszertifikat erlangen. So
schreibt es die Berufsgenossenschaft vor."

52. **Dr. Victor Falk** *(überrascht):*

"Ach. Das wusste ich nicht."

53. **Herr Vogel:**

"Doch doch. … Aber kein Problem. Ich kann das gerne
organisieren. Sicherheit geht bekanntlich vor."

54. **Dr. Victor Falk:**

"Danke für Ihr Engagement."

55. **Herr Vogel:**

"Es ist mir ein Vergnügen. Schließlich bin ich
Vorsitzender des entsprechenden Vereins."

56. **Dr. Victor Falk** *(lächelnd):*

"Natürlich. Sie scheinen viele Hüte zu tragen."

57. **Herr Vogel** *(blickt auf seinen Hut):*

"Metaphorisch gesprochen, ja."

58. **Dr. Victor Falk:**

"Apropos Hüte, Ihr Anzug ist sehr beeindruckend."

59. **Herr Vogel:**

"Danke. Ich finde, ein gepflegtes Äußeres reflektiert
innere Disziplin."

60. **Dr. Victor Falk:**

"Da stimme ich zu. Darf ich fragen, wo Sie Ihren

Doktortitel erworben haben? Ich habe ihn in ihren
Zeugnissen gesehen, aber in den Unterlagen geben sie
ihn nicht direkt mit an."

61. **Herr Vogel:**

"Selbstverständlich. Ich habe an der Universität
Heidelberg promoviert."

62. **Dr. Victor Falk:**

"Interessant. Worüber haben Sie Ihre Dissertation
geschrieben?"

63. **Herr Vogel:**

"Mein Thema war 'Die rechtlichen Implikationen der
Genrekonstruktion ausgestorbener Spezies unter
besonderer Berücksichtigung prähistorischer
Flugreptilien'."

64. **Dr. Victor Falk** *(beeindruckt):*
"Ein faszinierendes Feld. Haben Sie praktische
Anwendungen gefunden?"

65. **Herr Vogel:**

"Nun, die ethischen und juristischen Aspekte sind
komplex, aber ich bin überzeugt, dass wir in naher
Zukunft Möglichkeiten finden werden, diese Erkenntnisse
zu nutzen."

66. **Dr. Victor Falk:**

"Das klingt spannend. Ich selbst habe „nur" in
Betriebswirtschaft promoviert."

67. **Herr Vogel:**

"Worüber, wenn ich fragen darf?"

68. **Dr. Victor Falk:**

"Über 'Adaptive Organisationsstrukturen in Zeiten
digitaler Transformation'."

69. **Herr Vogel** *(nickt anerkennend):*

"Ein wichtiges Thema. Die Anpassungsfähigkeit von
Unternehmen ist entscheidend für ihren Erfolg."

70. **Dr. Victor Falk:**

"Genau das war meine These."

71. **Herr Vogel:**

"Vielleicht können wir unsere Erkenntnisse kombinieren.
Die Evolution lehrt uns viel über Anpassung."

72. **Dr. Victor Falk:**

"Ein interessanter Gedanke."

73. **Herr Vogel:**

"Vielleicht könnten wir demnächst auch ein
gemeinsames Projekt initiieren."

74. **Dr. Victor Falk:**

"Ich bin offen dafür. Lassen Sie uns darüber
nachdenken."

75. **Herr Vogel:**

"Hervorragend."

76. **Dr. Victor Falk:**

"Eine Frage, die mir dazu direkt einfällt: Wie stehen Sie
zu Firmenveranstaltungen?"

77. **Herr Vogel:**

"Ich begrüße sie, sofern sie dem Teamgeist und der
Wissensvermittlung dienen."

78. **Dr. Victor Falk:**

"Wir planen demnächst einen Innovationsworkshop.
Vielleicht könnten Sie einen Vortrag über Ihre Forschung
halten?"

79. **Herr Vogel (freudig):**

"Das würde ich sehr gerne tun."

80. **Dr. Victor Falk:**

"Wunderbar. Gibt es sonst noch etwas, das Sie
ansprechen möchten?"

81. **Herr Vogel:**

"In der Tat. Ich hätte gerne persönliche Visitenkarten mit

meinem Doktortitel, möchte aber nicht damit
angesprochen werden."

82.  **Dr. Victor Falk:**

"Ja, das ist kein Problem. Dürfte ich fragen, warum?"

83.  **Herr Vogel** *(legt die Hände bedacht auf den Tisch, seine
Stimme ist ruhig und sachlich, doch ein Hauch von Stolz
schwingt mit):*

„Der Titel, Herr Dr. Falk, ist zweifellos ein Zeichen meiner
Qualifikation und meiner akademischen Leistungen. Er
verleiht mir eine gewisse Autorität, gerade in der
Außenwahrnehmung, und signalisiert Expertise und
Professionalität. In der juristischen Welt öffnet er Türen,
schafft Vertrauen und gibt meinen Aussagen Gewicht.
Doch im persönlichen Umgang – insbesondere innerhalb
unseres Unternehmens – bevorzuge ich eine flache
Hierarchie."

*(Herr Vogel beugt sich leicht vor und spricht nun in
einem fast vertraulichen Ton.)*

„Ich glaube fest daran, dass wahre Zusammenarbeit auf
Augenhöhe stattfindet. Titel sind wichtig, ja, aber sie
sollten nicht als Barriere zwischen Menschen stehen.
Wenn wir alle gleichberechtigt miteinander umgehen,
unabhängig von formalen Bezeichnungen, entsteht eine
Atmosphäre des Vertrauens und der Offenheit. Es geht

mir weniger darum, mich über den Titel zu definieren, sondern vielmehr durch meine Taten und meinen Beitrag zum Erfolg der ManiCore Group. Der Titel ist ein Werkzeug, kein Schild. Er signalisiert Qualifikation, aber wahre Größe zeigt sich darin, wie man Menschen begegnet – mit Respekt, auf gleicher Ebene, ohne den Abstand, den ein Titel manchmal schaffen kann."

*(Herr Vogel lehnt sich zurück und lächelt leicht.)*

„Kurzum, Herr Dr. Falk: Der Titel mag auf der Visitenkarte stehen, aber im täglichen Miteinander setze ich auf Gleichheit und Offenheit."

84. **Dr. Victor Falk:**
"Verstehe. Ich liebe Ihre präzisen Ausführungen bereits jetzt. Nungut – ihr Wunsch lässt sich natürlich einrichten."

85. **Herr Vogel:**
"Danke."

86. **Dr. Victor Falk:**
"Übrigens, was halten Sie von unserem Firmenhandy-Modell hier? Haben Sie Präferenzen?"

87. **Herr Vogel** *(lächelt verschmitzt):*

"Da bin ich anspruchslos. Solange es nicht versucht, mich in Diskussionen zu verwickeln, bin ich zufrieden."

88. **Dr. Victor Falk** *(lacht):*

"Ich denke, das können wir ausschließen."

89. **Herr Vogel:**

"Sehr gut. Ich habe nämlich gehört, dass künstliche Intelligenz zunehmend gesprächig wird."

90. **Dr. Victor Falk:**

"Da ist etwas dran. Aber unser Modell ist recht zurückhaltend."

91. **Herr Vogel:**

"Perfekt."

92. **Dr. Victor Falk:**

"Dann halten wir fest: Jahresgehalt von 140.000 Euro, leistungsabhängiger Bonus, Wasserstofffahrzeug, Diensthandy, Visitenkarten nach Ihren Wünschen und Beteiligung an Projekten."

93. **Herr Vogel:**

"Das klingt hervorragend."

94. **Dr. Victor Falk:**

"Gibt es noch weitere Anliegen?"

95. **Herr Vogel:**

"Von meiner Seite fällt mir jetzt auf Anhieb nicht weiter ein."

96. **Dr. Victor Falk:**

"Aber ich. Ich hätte bereits eine Aufgabe für sie. Konkret haben wir ein Problem mit den rechtlichen Aspekten unseres neuen Projekts zur Nutzung regenerativer Energien."

97. **Herr Vogel** *(interessiert):*

"Erzählen Sie mir mehr."

98. **Dr. Victor Falk** *(lehnt sich nachdenklich zurück und spricht mit leichtem Ernst in der Stimme):*

"Herr Vogel, es geht um ein rechtlich äußerst sensibles Thema – die Absicherung bei der Installation von Windkraftanlagen in Naturschutzgebieten, und das noch dazu im Märchenwald. Sie wissen, wie komplex diese Angelegenheiten werden können, wenn man den Umweltschutz mit den wirtschaftlichen Interessen in Einklang bringen muss. Da gibt es selten klare Antworten. Auf der einen Seite stehen die Anforderungen an den Ausbau der erneuerbaren Energien, auf der anderen Seite die strikten Auflagen für den Schutz der einzigartigen Flora und Fauna – und das nicht nur im klassischen Sinne, sondern auch im fantastischen. Wir sprechen hier von Schutzgebieten, in denen Einhörner grasen und magische Bäume wachsen, die Jahrhunderte überdauern. Es gilt, juristisch eine Balance zu finden, die Innovation erlaubt, ohne die magische Natur des Waldes zu gefährden."

*(Er macht eine kurze Pause und fährt dann mit Nachdruck fort.)*

„Das Märchenwald-Komitee ist besonders streng, wenn es um Eingriffe in das Habitat der mystischen Kreaturen geht. Gleichzeitig drängen die Windkraftbefürworter auf schnellere Genehmigungen. Ein klassischer Interessenkonflikt. Ihre Aufgabe wäre es, einen wasserdichten Rahmen zu schaffen, der sowohl die magischen als auch die rechtlichen Ansprüche berücksichtigt – und dabei sowohl die Windkraft als auch den Schutz der Märchenwald-Ökosysteme absichert."

99. **Herr Vogel:**

"Oha. Ein wirklich sensibles Thema. Ich könnte eine juristische Analyse erstellen und dazu kreative Lösungen vorschlagen."

100. **Dr. Victor Falk:**

"Das wäre großartig. Vielleicht finden Sie einen Weg, der sowohl den Umweltschutz als auch unsere

Unternehmensinteressen berücksichtigt aber auch nicht gegen geltendes Märchenrecht verstößt."

101. **Herr Vogel:**

"Ich werde mich sofort nach der Vertragsunterschrift darum kümmern."

102. **Dr. Victor Falk:**

"Danke. Ihre Ergebnisse könnten für uns von großem Wert sein."

103. **Herr Vogel:**

"Ich bin zuversichtlich, dass wir einen Weg finden."

104. **Dr. Victor Falk:**

"Übrigens, wie planen Sie, sich auf die Schulung für den Umgang mit Felix vorzubereiten?"

105. **Herr Vogel:**

"Ich werde ein zertifiziertes Trainingsprogramm absolvieren. Ich kenne einen Kollegen, der solche Schulungen anbietet."

106. **Dr. Victor Falk:**

"Das klingt gut. Ihre Expertise könnte für das Team hilfreich sein."

107. **Herr Vogel:**

"Ich denke, wir könnten sogar interne Workshops anbieten, um alle Mitarbeiter zu schulen."

108. **Dr. Victor Falk:**

"Eine ausgezeichnete Idee. Es reicht aber bis C-Ebene, denke ich. Wobei … Herrn Weber uns so sollten wir auch miteinbeziehen. Also dann doch besser für alle."

109. **Herr Vogel:**

"Ja, macht Sinn. Sicherheit und Wissenstransfer sind entscheidend. Heutzutage."

110. **Dr. Victor Falk:**

"Dann sind wir uns einig."

111. **Herr Vogel:**

"Ich freue mich auf die Zusammenarbeit."

112. **Dr. Victor Falk:**

"Ich ebenfalls."

113. **Herr Vogel:**

"Ach, bevor ich es vergesse, könnten wir eventuell über die Einrichtung eines kleinen Forschungszentrums für prähistorische DNA sprechen?"

114. **Dr. Victor Falk** *(überrascht):*

"Ein Forschungszentrum? Für prähistorische DNA?"

**115. Herr Vogel:**

"Ja. Ich denke, es könnte neue Geschäftsfelder
eröffnen."

**116. Dr. Victor Falk** *(nachdenklich):*

"Das ist ein großes Unterfangen. Wir müssten dafür die
Machbarkeit prüfen. Aber ich notiere es mir direkt mal.
Das sollten wir durchaus auf dem Schirm haben."

**117. Herr Vogel:**

"Natürlich. Ich kann einen Vorschlag ausarbeiten."

**118. Dr. Victor Falk:**

"Bitte tun Sie das. Ich bin gespannt."

**119. Herr Vogel:**

"Vielen Dank."

**120. Dr. Victor Falk:**

"Dann lassen Sie uns den Vertrag unterzeichnen."

*(Die beiden unterschreiben den Vertrag.)*

**121. Dr. Victor Falk** *(reicht ihm eine Kopie):*

"Willkommen bei der ManiCore Group, Herr Dr. Vogel."

**122. Herr Vogel (steht auf und reicht ihm die Hand):**

"Vielen Dank, Herr Dr. Falk. Ich freue mich auf die
Zusammenarbeit."

123. **Dr. Victor Falk:**

"Ich ebenfalls. Wann möchten Sie mit dem Onboarding beginnen?"

124. **Herr Vogel:**

"Morgen um 10:00 Uhr, wenn es Ihnen recht ist."

125. **Dr. Victor Falk:**

"Ich notiere es erstmal. Irgendwie wollen alle neuen Mitarbeiter in diesem Zeitfenster onboarden. Ich werde mir das nochmal überlegen und wir werden alles vorbereiten. Diesbezüglich werde ich mich aber nochmal bei ihnen melden."

126. **Herr Vogel** *(nimmt seinen Hut und nickt):*

"Sehr gut. Dann verabschiede ich mich für heute."

127. **Dr. Victor Falk:**

"Fahren Sie vorsichtig."

128. **Herr Vogel** *(lächelnd):*

"Immer. Und keine Sorge, das Einrad ist gut trainiert. Es gehorcht aufs Wort."

129. **Dr. Victor Falk** *(schmunzelt):*

"Gut zu wissen."

130. **Herr Vogel:**

"Ach, eine letzte Sache. Könnten Sie mir die

Kontaktdaten der Person geben, die für die Schulung mit
Felix bisher zuständig ist?"

131. **Dr. Victor Falk:**

"Natürlich. Ich lasse sie Ihnen zukommen."

132. **Herr Vogel:**

"Danke."

133. **Dr. Victor Falk:**

"Bis morgen dann."

134. **Herr Vogel:**

"Bis morgen."

*(Herr Vogel verlässt das Büro, schwingt sich auf sein
Einrad und fährt elegant den Flur entlang.)*

135. **Dr. Victor Falk** *(setzt sich zurück an seinen
Schreibtisch, lächelt):*
"Ein Mann voller Prinzipien und Überraschungen."

*(Dr. Falk greift zum Telefon.)*

136. **Dr. Victor Falk** *(telefoniert):*
"Frau Schmidt? Bitte bereiten Sie alles für Herrn Vogels
Ankunft morgen vor. Und informieren Sie die
Technikabteilung über seine speziellen Wünsche."

*(Er legt auf und notiert sich etwas.)*

137. **Dr. Victor Falk** *(notiert):*

"Juristische Analyse zum Windkraftprojekt im Märchenwald erwarten. Möglichkeit eines prähistorischen Forschungszentrums prüfen."

*(Er lehnt sich zurück.)*

138. **Dr. Victor Falk** *(zu sich selbst):*

"Ich bin mir mittlerweile sehr sicher – seine Ideen genau das, was wir brauchen."

*(Er blickt auf die Uhr.)*

139. **Dr. Victor Falk:**

"Oha. Schon so spät. Höchste Zeit für die nächste Aufgabe."

*(Er steht auf und geht zum Fenster, schaut hinaus.)*

140. **Dr. Victor Falk** *(leise):*

"Die Welt verändert sich schnell. Mit Leuten wie Herr Dr. Vogel könnten wir tatsächlich etwas bewegen."

*(Der Eingang einer neuen Email wird vermeldet. Dr. Falk kehrt an seinen Schreibtisch zurück.)*

141. **Dr. Victor Falk** *(öffnet eine E-Mail):*

"Mal sehen, was sonst noch ansteht. … Interessant, eine

E-Mail von Herr Vogel mit dem Betreff "Erste Gedanken zum Windkraftprojekt im Märchenwald."

*(Eine E-Mail von Herr Vogel erscheint mit dem Betreff "Erste Gedanken zum Windkraftprojekt im Märchenwald".)*

142. **Dr. Victor Falk** *(überrascht):*

"Schnell ist er ja."

*(Er öffnet die E-Mail und beginnt zu lesen.)*

143. **Dr. Victor Falk** *(leise):*

"Interessant. Ohja. Sehr gut. Ja, das ist auch super. Ein Ansatz, der sowohl rechtliche als auch ökologische Aspekte berücksichtigt. Ich bin beeindruckt."

*(Er liest weiter, nickt zustimmend und freut sich.)*

"Er hat sich eindeutig zu günstig einkaufen lassen!"

144. **Dr. Victor Falk:**

"Das könnte alles aber tatsächlich funktionieren. Der Mann ist Gold wert. "

*(Er greift erneut zum Telefon.)*

145. **Dr. Victor Falk** *(telefoniert):*

"Herr Müller? Ja, ich habe gerade einen ersten Entwurf von Herrn Vogel zum Windkraftprojekt erhalten. Ich denke, wir sollten das gemeinsam besprechen. … Ja … nächsten Montag im Meeting passt mir sehr gut … ja, zur gewohnten Zeit. … Perfekt … Dann bis dahin!"

*(Er legt auf.)*

146. **Dr. Victor Falk** *(zu sich selbst):*

"Ich habe immer mehr das Gefühl, dass Herr Vogel ein wertvoller Gewinn für uns ist."

*(Er steht auf und geht zum Whiteboard, notiert einige Punkte.)*

147. **Dr. Victor Falk:**

"Neue Ideen, frischer Wind. Genau das brauchen wir."

*(Er setzt sich wieder und beginnt, eine Antwort an Herr Vogel zu schreiben.)*

148. **Dr. Victor Falk** *(tippt):*

"Vielen Dank für die schnelle Rückmeldung. Ihre Ansätze sind vielversprechend. Lassen Sie uns morgen darüber sprechen."

*(Er sendet die E-Mail ab.)*

149. **Dr. Victor Falk** *(lächelnd):*

"Ein produktiver Tag heute. Ich liebe solche Tage"

*(Er lehnt sich zurück, schaut aus dem Fenster.)*

150. **Dr. Victor Falk** *(leise):*

"Es kommt nun die Zeit, mutigere Schritte zu wagen."

*(Er steht auf, nimmt seine Jacke.)*

151. **Dr. Victor Falk:**

"Zeit für die weiteren Aufgaben. Die Zeit drängt."

**Ort:** Besprechungsraum der ManiCore Group

**Zeit:** Dienstag, 08.10., 11:45 Uhr

*(Die Tür öffnet sich mit einem Ruck und Frau Rauscher hüpft auf einem Bein in den Raum – diesmal aber im Wechselsprung. Mal auf dem linken, dann wieder auf dem rechten – aber immer nur auf einem Bein. Sie trägt erneut ihre bunte, auffällige Joggingkleidung, ihre Haare sind gewohnt gepflegt und gestylt und sie joggt unaufhörlich auf der Stelle, als wäre sie wieder mitten in einem intensiven Training.*

*Dr. Falk wartet ruhig und entspannt am Tisch und er beobachtet sie neugierig – immerhin kennt er schon ihren Auftritt.)*

1.   **Dr. Victor Falk** *(lächelt, bleibt professionell):*
„Frau Rauscher, bitte setzen Sie sich. Lassen Sie uns über Ihren Vertrag sprechen. Diesmal ist es aber wichtig, dass sie ihre Bewegungshandlungen einstellen. Vertrauen sie mir – das hat seinen Grund!"

2.   **Frau Rauscher** *(stoppt energisch, atmet tief ein, setzt sich mit einem dynamischen Sprung):*
„Super! Ich bin bereit, die Vertragsunterlagen

durchzugehen und alles abzuschließen. Lassen Sie uns loslegen!"

3.  **Dr. Victor Falk** *(legt die Vertragsunterlagen auf den Tisch):*
    „Hier sind die wichtigsten Punkte Ihres Vertrags. Wir haben Ihr Grundgehalt auf 85.000 Euro erhöht, wie wir zuvor besprochen haben."

4.  **Frau Rauscher** *(liest schnell durch die Unterlagen, bleibt in Bewegung):*
    „85.000 Euro ist ein großartiger Start! Aber ich würde gerne über ein paar zusätzliche Punkte sprechen, die meine einzigartigen Fähigkeiten in der Zauberwelt und Märchenwelt optimal unterstützen."

5.  **Dr. Victor Falk** *(nickt, interessiert):*
    „Natürlich, was haben Sie im Sinn?"

6.  **Frau Rauscher** *(mit einem breiten Lächeln, leicht in Bewegung):*
    „Zunächst benötige ich Zugang zu einem magischen Datenanalyse-Tool, das mir erlaubt, verborgene Muster und Trends in den Märchenweltdaten zu erkennen. Dieses Tool wäre ein entscheidender Vorteil für meine Arbeit und würde uns ermöglichen, tiefere Einblicke in unsere Zielgruppen zu gewinnen."

7.  **Dr. Victor Falk** *(überlegt kurz, lächelt unterstützend):*

„Ein magisches Datenanalyse-Tool klingt faszinierend. Wenn es unsere Analysen wirklich verbessert, können wir das in die Zusatzleistungen aufnehmen. Ich werde unsere IT-Abteilung beauftragen, dieses spezielle Tool für Sie zu entwickeln.“

8.  **Frau Rauscher** *(nickt begeistert):*

„Vielen Dank! Außerdem würde ich gerne ein persönliches magisches Artefakt erhalten, das meine Konzentration und Effizienz während der Arbeit steigert. Ein Beispiel wäre ein Zauberstab, der meine Gedanken fokussiert und meine Analysen beschleunigt.“

9.  **Dr. Victor Falk** *(lächelt):*

„Ein Zauberstab zur Steigerung der Konzentration? Das könnte tatsächlich auch meine eigene Arbeit erleichtern, indem wir schneller zu Ergebnissen kommen. Ich stimme zu, dass dies eine sinnvolle Ergänzung ist und werde es ebenfalls in Ihren Vertrag aufnehmen.“

10.  **Frau Rauscher** *(strahlt vor Begeisterung):*

„Perfekt! Und da ich häufig in der Märchenwelt unterwegs bin, wäre ein magisches Kommunikationsgerät ideal, um in Echtzeit mit Ihnen, denen und dem Team in Kontakt zu bleiben, unabhängig davon, wo ich gerade bin.“

11.   **Dr. Victor Falk** *(nickt zustimmend):*

„Genehmigt."

12.   **Frau Rauscher** *(mit einem letzten energischen Sprung):*

„Das ist fantastisch! Und schließlich würde ich gerne
Zugang zu einem geheimen, magischen Archiv erhalten,
das seltene Märchen und Zauberbücher enthält. Dieses
Archiv würde mir ermöglichen, meine Analysen weiter zu
vertiefen und innovative Marketingstrategien zu
entwickeln."

13.   **Dr. Victor Falk** *(lächelt zufrieden):*

„Ein geheimes magisches Archiv ist eine großartige
Ressource. Es wird nicht nur Ihre Arbeit bereichern,
sondern auch unser gesamtes Team inspirieren. Ich
werde dafür sorgen, dass Sie Zugang zu diesem Archiv
erhalten."

14.   **Frau Rauscher** *(strahlt):*

„Vielen Dank, Herr Dr. Falk. Diese Zusatzleistungen
werden meine Arbeit erheblich unterstützen und
gleichzeitig das Potenzial unseres Teams maximieren."

15.   **Dr. Victor Falk** *(blickt auf die Unterlagen, lächelt):*

„Gibt es noch weitere Anpassungen, die Sie im Vertrag
sehen möchten?"

16. **Frau Rauscher** *(nickt energisch):*

„Ja, ich würde gerne einen jährlichen Bonus für die Teilnahme an magischen Wettkämpfen aufnehmen, wie dem magischen Marathon oder ähnlichen Veranstaltungen. Schließlich muss ich mich fit halten, um meine besten Leistungen zu erbringen!"

17. **Dr. Victor Falk** *(lacht):*

„Ein Bonus für magische Wettkämpfe? Das ist mal eine originelle Idee. Solange es einen direkten Nutzen für das Unternehmen gibt, sehe ich kein Problem. Dieser Bonus würde Sie motivieren, Ihre Fähigkeiten weiter zu verbessern und könnte uns auch durch Ihre Teilnahme an solchen Events positive PR bringen."

18. **Frau Rauscher** *(strahlt vor Energie):*

„Genau! Und das bringt uns zu einem weiteren Punkt: Ich würde gerne Zugang zu einem magischen Trainingsraum haben, wo ich meine Fähigkeiten weiterentwickeln und an neuen Techniken arbeiten kann. Das würde nicht nur meine Effizienz steigern, sondern auch innovative Ideen für unsere Kampagnen fördern."

19. **Dr. Victor Falk** *(nickt zustimmend):*

„Ein magischer Trainingsraum ist eine ausgezeichnete Ergänzung. Es fördert nicht nur Ihre persönliche Entwicklung, sondern auch die Innovationskraft des gesamten Teams. Ich werde das in Ihren Vertrag aufnehmen."

20. **Frau Rauscher** *(mit einem breiten Lächeln):*
"Fantastisch! Dann sind wir uns einig?"

21. **Dr. Victor Falk** *(lächelt zurück):*
"Ja, ich denke, wir haben eine gute Übereinstimmung. Lassen Sie uns den Vertrag finalisieren."

22. **Frau Rauscher** *(holt ein kleines, elegantes magisches Gerät aus ihrer Tasche):*
"Ja, ich bin bereit! Hier ist mein Vertragspenndeter – Zaubertinte!"

*(Sie drückt einen Knopf an dem magischen Gerät, und die Unterschriften erscheinen automatisch auf den Vertragsunterlagen in schimmernder, magischer Tinte. Dr. Falk beobachtet fasziniert, wie die Tinte in regenbogenfarbenen Schattierungen auf die Papiere tanzt.)*

23. **Dr. Victor Falk** *(staunt, fasziniert):*
"Ooooh! Das ist unglaublich! Zaubertinte? Das wird sicherlich für einige beeindruckende Unterschriften sorgen."

24. **Frau Rauscher** *(lächelt stolz):*

   „Ja, das ist nur eines der vielen magischen Werkzeuge,
   die ich benutze. Es macht die Vertragsunterzeichnung
   nicht nur schneller, sondern auch viel stilvoller!"

25. **Dr. Victor Falk** *(lachend, begeistert):*

   „Ich bin beeindruckt, Frau Rauscher. So etwas habe ich
   noch nie gesehen. Vielleicht könnten wir auch für andere
   Teammitglieder solche magischen Geräte organisieren!"

26. **Frau Rauscher** *(zwinkert, energisch):*

   „Oh, das wäre großartig! Stellen Sie sich vor, jeder hätte
   seine eigene Zaubertinte – so können wir alle auf
   magische Weise unsere Erfolge festhalten!"

27. **Dr. Victor Falk** *(lacht):*

   „Das könnte tatsächlich unsere Dokumentationsprozesse
   revolutionieren. Aber für den Moment freue ich mich,
   dass wir diesen Vertrag erfolgreich abgeschlossen
   haben."

28. **Frau Rauscher** *(mit einem letzten energischen Sprung
   und einem breiten Lächeln):*

   „Danke, Herr Dr. Falk! Ich kann es kaum erwarten,
   loszulegen und unser Team mit meinen magischen
   Fähigkeiten zu bereichern!"

29.  **Dr. Victor Falk** *(lächelt zufrieden):*

„Willkommen im Team, Frau Rauscher. Ich bin sicher,
dass Ihre Energie und Ihre Fähigkeiten uns sehr
weiterbringen werden."

*(Frau Rauscher steht auf, joggt leicht auf der Stelle und
verbeugt sich energisch, bevor sie dynamisch aus dem
Raum joggt.)*

30.  **Dr. Victor Falk** *(blickt ihr nach, fasziniert):*

„Eine Analystin mit magischer Unterstützung und einer
Portion Humor – und einem magischen Schreibgerät.
Sowas will ich unbedingt auch haben."

*(Er schmunzelt, legt die Vertragsunterlagen ordentlich ab
und denkt an die kommenden magischen Projekte.)*

**Ort:** Büro der ManiCore Group

**Zeit:** Dienstag, 08.10., 11:55 Uhr

*(Die Uhr an der Wand zeigt 11:55 Uhr. Dr. Victor Falk sitzt konzentriert an seinem Schreibtisch, studiert die Vertragsunterlagen und tippt auf seinem Computer. Plötzlich klopfen zwei Pfleger energisch an die Tür. Das Licht auf der Überwachungskamera zeigt, dass Dr. Falk alleine im Raum ist.)*

1.  **Pflegerin Müller** (klopft höflich, lächelnd):
„Hallo Herr Dr. Falk, es ist Zeit. Wir müssen Sie jetzt wieder in Ihren Bereich bringen.“

2.  **Dr. Victor Falk** *(blickt auf, seine Augen blitzen wütend auf, er erhebt sich halb aus seinem Stuhl, seine Stimme überschlägt sich fast vor Unmut, laut und scharf)*:
„Was habe ich euch gesagt? NICHT vor 12! Ich habe exakt von 10:00 bis 12:00 Uhr Zeit für meine Angelegenheiten, und das bedeutet: Keine Unterbrechungen, keine Ausnahmen! Das hier ist kein Spiel, das ist ernste, hochkonzentrierte Arbeit, die absolute Ruhe verlangt! Ihr werdet diesen Raum auf der Stelle verlassen! SOFORT! Keine Diskussionen, keine Ausflüchte! Jeder, der vor dieser Zeit hier hereinkommt,

stört nicht nur mich, sondern bringt das gesamte Projekt in Gefahr! Versteht ihr das? Also raus hier, bevor ihr noch mehr Unordnung anrichtet!"

3.  **Pfleger Müller** *(überrascht, versucht aber seine Nervosität hinter einem schwachen Lächeln zu verstecken, seine Stimme leicht zitternd, aber immer noch bemüht, entspannt zu wirken):*

    „Natürlich, Herr Dr. Falk, wir verstehen ja... keine Sorge. Wir wollten nur sicherstellen, dass Sie nichts verpassen... vielleicht einen Zaubertrank oder Ihre... äh, morgendliche Magie-Session? Es ist ja bereits fast 12:00 Uhr, dachte nur, Sie brauchen vielleicht etwas... Unterstützung"

4.  **Dr. Victor Falk** *(wütend steht abrupt auf, seine Augen blitzen vor Ungeduld, während er energisch mit den Armen gestikuliert):*

    „11:55 Uhr ist nicht 12:00 Uhr! Wie oft muss ich Ihnen das noch erklären? Lernen Sie endlich die Uhr zu lesen! Ich erwarte absolute Präzision, verstehen Sie? Ich arbeite hier an hochwichtigen Entscheidungen, die das Schicksal unseres Unternehmens und, wenn Sie es wirklich wissen wollen, vielleicht sogar der gesamten magischen Welt beeinflussen! Das ist kein Spiel! Und hören Sie mir gut zu: Ich werde es nicht tolerieren, wenn Sie mir meine wertvolle Zeit mit solch unnötigen

Störungen stehlen! Wir haben noch ganze fünf Minuten, in denen ich ungestört sein muss. Also verlassen Sie diesen Raum sofort und lassen Sie mich meine Arbeit zu Ende bringen! Ich dulde keine Ablenkungen. Das ist meine Zeit, meine Regeln – verstehen Sie?"

*(Er zeigt energisch auf die Tür und wartet ungeduldig auf ihre Reaktion.)*

5.  **Pflegerin Müller** *(blickt sich unsicher um, flüstert zu Pfleger Müller):*
"Er ist wirklich gestresst heute..."

6.  **Pfleger Müller** *(wirft zusätzlich einen schnellen Blick auf die Überwachungskamera, erkennt, dass Dr. Falk tatsächlich allein im Raum ist, und nickt langsam, als ob er eine Entscheidung trifft):*
"Ja, es scheint, als wäre er vollkommen vertieft. Vielleicht sollten wir ihm wirklich ein wenig mehr Raum lassen. Er ist wohl noch voll in seiner... geschäftlichen Rolle. Es wäre besser, wenn wir ihm die letzten Minuten ungestört lassen, damit er seine Arbeit beenden kann."

7.  **Pflegerin Müller** *(ernst, lächelt beruhigend):*
"Gut, Herr Dr. Falk. Wir warten einfach bis 12:00 Uhr, dann kommen wir noch einmal wieder."

*(Die Pfleger verlassen den Raum leise, während Dr. Falk seufzt und sich wieder auf seine Unterlagen konzentriert. Die Uhr tickt langsam weiter.)*

*(Um genau 12:00 Uhr klopfen die Pfleger erneut an die Tür. Dr. Falk blickt auf, atmet tief durch und lächelt erleichtert.)*

8. **Pflegerin Müller** *(freundlich lächelnd, abwartend, was jetzt kommt):*
„Guten Tag, Herr Dr. Falk! Es ist jetzt genau 12:00 Uhr. Zeit, dass wir Sie abholen. Wie war Ihr Geschäftstag heute? Alles gut verlaufen?"

9. **Dr. Victor Falk** *(entspannt und sehr freundlich, lehnt sich mit einem leichten Lächeln zurück und spricht lebhafter):*
„Ah, guten Tag, Herr und Frau Müller! Schön, Sie beide wieder gemeinsam hier zu sehen. Es ist ja schon eine Weile her, seit Sie zusammen Dienst hatten, nicht wahr? Der heutige Tag war ausgesprochen produktiv – obwohl es noch eine Menge zu tun gibt. Frau Rauscher, unsere dynamische Business Analystin, hat einige wirklich außergewöhnliche Vorschläge eingebracht. Sie möchte, dass wir magische Ressourcen aufstocken, um die Effizienz unserer zukünftigen Projekte zu steigern. Sie schlägt vor, unsere neuen Mitarbeitenden mit speziellen

magischen Testverfahren zu überprüfen, um ihre
Fähigkeiten richtig einschätzen zu können."

*(Er macht eine dramatische Pause, schaut zwischen den
Pflegern hin und her, als ob er ihre Reaktion prüfen will.)*

„Und das war nicht alles. Alaric Spellwright, unser
magischer Ingenieur, hatte ebenfalls einige interessante
Neuigkeiten zum Fortschritt des Dimensionenspringers.
Allerdings... gibt es noch einige Herausforderungen bei
den Ort- und Zeitsprüngen – wir benötigen mehr
Traumsand und Kristalle, um die Magie zu stabilisieren."
*(Er lacht leicht, als ob er sich selbst über die Fantastik
seiner eigenen Worte amüsiert.)*

„Ich weiß, Sie glauben sicher, ich rede hier nur Unsinn.
Aber verstehen Sie mich nicht falsch – diese Dinge sind
sehr real in meiner Welt. Und selbst wenn sie für andere
unglaublich klingen, sind sie das Fundament unserer
Arbeit. Heute war nur ein weiterer kleiner Schritt auf
einem sehr langen Weg."

*(Er lehnt sich nach vorne, seine Stimme wird ernst, aber
immer noch freundlich.)*

„Aber es ist ein wichtiger Schritt. Und ich habe das
Gefühl, dass wir bald Großes erreichen werden. Sie
können sich gar nicht vorstellen, welche Türen sich

öffnen, wenn man die richtige Kombination aus Magie und Technologie findet."

10. **Pfleger Müller** *(schmunzelt):*

„Klingt nach einem spannenden Tag! Vielleicht sollten wir auch ein paar magische Elemente in unseren Alltag integrieren. Ein bisschen mehr Zauber könnte uns allen gut tun."

11. **Dr. Victor Falk** *(lacht leicht):*

„Vielleicht haben Sie recht. Ein bisschen Magie könnte den Arbeitsalltag auflockern. Aber im Moment freue ich mich einfach, dass wir diesen Vertrag erfolgreich abgeschlossen haben."

12. **Pflegerin Müller** *(lächelt):*

„Das freut uns zu hören. Wir sind gespannt auf die neuen Entwicklungen in Ihrem Team. Und wenn wir sie irgendwie weiter unterstützen können – sagen Sie uns gerne Bescheid."

13. **Dr. Victor Falk** *(steht auf, reicht den Pflegern die Hand):*

„Danke für Ihre Geduld und Ihr Verständnis. Lassen Sie uns gemeinsam weiterarbeiten, um die ManiCore Group voranzubringen."

14. **Pfleger Müller** *(schüttelt Dr. Falks Hand, lacht):*
„Natürlich, Herr Dr. Falk. Wir drücken Ihnen und Ihrem
Unternehmen weiterhin die Daumen!"

15. **Pflegerin Müller** *(nickt zustimmend):*
„Genau."

*(Das Telefon auf Dr. Falks Schreibtisch klingelt plötzlich.)*

16. **Dr. Victor Falk** *(sieht zum Telefon):*
„Oh, meine Beiden. Ich hoffe, es macht Ihnen nichts aus,
wenn ich noch kurz hierbleibe. Es sieht so aus, als wäre
dieser Anruf wirklich wichtig – wahrscheinlich von einem
unserer magischen Lieferanten oder vielleicht sogar von
Alaric selbst. Geben Sie mir bitte noch 2 Minuten, dann
komme ich sofort nach. Ich verspreche Ihnen, es dauert
nicht lange. Es ist sicher ein wichtiger Anruf, wenn er
jetzt noch kommt."

17. **Pflegerin Müller** *(lächelnd und verständnisvoll, nickt
zustimmend):*
„Na, wenn das so ist. Natürlich, Herr Dr. Falk, das ist
absolut in Ordnung. Wenn es um wichtige geschäftliche
Angelegenheiten geht, verstehen wir das vollkommen.
Nehmen Sie sich ruhig die Zeit, die Sie brauchen – zwei
Minuten, maximal aber fünf Minuten. Wir vertrauen
darauf, dass Sie eigenständig zurückkommen, sobald

Sie fertig sind. Sie scheinen heute ohnehin in Höchstform zu sein."

18. **Dr. Victor Falk** *(blickt auf das Telefon, seufzt kurz,seine Stimme wechselt sofort in einen professionellen, aber freundlichen Ton):*
"Ja, danke schön. Werde ich dann machen. Bis gleich."

*(Die beiden Pfleger verlassen das Büro der ManiCore Group, während die Überwachungskamera ihren Abgang aufzeichnet. Die Tür schließt sich hinter ihnen mit einem leisen Klicken.)*

*(Erst nachdem die Tür vollständig geschlossen ist, ergreift Dr. Falk das klingelnde Telefon und nimmt es auf, ein breites Lächeln breitet sich auf seinem Gesicht aus.)*

19. **Dr. Victor Falk** *(schaut auf, lächelt):*
"Hallo, Frau Schmidt? Ah, ja, genau! Ich wollte Sie noch bitten, sicherzustellen, dass die neuen magischen Analyse-Tools einsatzbereit sind, bevor die Testphase beginnt. Es ist äußerst wichtig, dass alles reibungslos funktioniert, wenn wir die magischen Fähigkeiten der neuen Mitarbeiter morgen prüfen. Und denken Sie daran, die speziellen Konzentrations-Zauberstäbe für Frau Rauscher zu bestellen – Sie weiß ja, wie sehr sie davon profitiert."

*(Er blättert kurz durch seine Unterlagen und fährt dann fort, während er in den Raum blickt.)*

„Ach ja, und eine Sache noch: Bitte schicken Sie unbedingt heute noch eine E-Mail an alle Teilnehmer. Sie sollen sich morgen pünktlich um 09:50 Uhr vor dem Besprechungsraum einfinden. Fünf verschiedene Outfits mitbringen und die Koffer auf der Gästetoilette zwischenparken. Das ist ganz wichtig! Auf der Gästetoilette für Herren. Wir möchten zudem ein gemeinsames Onboarding für das Team durchführen, um ihre magischen Fähigkeiten umfassend zu testen und zu dokumentieren. Das wird eine spannende Phase – jeder bekommt eine spezielle Analyse seiner Stärken und Schwächen. Das ist extrem wichtig, um sie richtig in die Projekte zu integrieren.“

*(Er lehnt sich in seinem Stuhl zurück, genießt für einen Moment die Ruhe und fährt fort, während er sich Notizen macht.)*

„Und vergessen Sie bitte nicht, dass wir auch die magischen Impfungen vorbereiten müssen. Jeder Teilnehmer braucht seinen individuellen Schutz, insbesondere wenn wir sie auf interdimensionale Reisen oder in hochmagische Umgebungen schicken. Es muss alles festgehalten und lückenlos dokumentiert werden.

Auch die neuen Verträge sollten fertig sein – mit allen magischen Klauseln, die wir besprochen haben."

*(Er lächelt leicht, als er den nächsten Punkt durchgeht.)*

„Ja .... die neuen Analyse-Tools sind entscheidend. Sie sollen feststellen, wie stark ihre magischen Fähigkeiten sind, von Telekinese über Traumdeutung bis hin zu interdimensionalen Sprüngen. Es wird intensiv, aber wir wollen sichergehen, dass jeder bestens vorbereitet ist."

*(Er wartet kurz, bis Frau Schmidt ihre Bestätigung gibt.)*

„Vielen Dank, liebe Frau Schmidt. Ich verlasse mich auf Sie. Wir wollen schließlich, dass unser Team das beste in der ganzen magischen Welt wird. Bis morgen."

*(Er legt das Telefon auf, lehnt sich zufrieden in seinem Stuhl zurück und schließt seine Unterlagen.)*

20. **Dr. Victor Falk** *(murmelnd, lächelt):*
„Ein herrlicher Tag heute, aber noch viel Arbeit liegt vor uns..."

*(Er steht auf, streckt sich und blickt aus dem Fenster, die Sonne scheint hell, und der Tag verspricht weitere Herausforderungen und Erfolge. Er wirft einen letzten Blick auf den Raum, bevor er das Büro mit einem zufriedenen Nicken verlässt.)*

# ENDE.

## 1. Dr. Victor Falk

**Rolle:**

„Chef" der **ManiCore Group** (und Patient in einer Psychiatrie)

**Beschreibung:**

Dr. Victor Falk ist eine faszinierende und tragische Figur. Einst war er ein führender Unternehmensberater und angesehener Jurist, der als Experte für komplexe rechtliche und wirtschaftliche Fragestellungen galt. Er war ein charismatischer Redner, der an Universitäten Vorlesungen über Philosophie, Unternehmensführung und Recht hielt und in akademischen Kreisen für seine scharfsinnigen Analysen und klugen Gedankenspiele geschätzt wurde. In Diskussionsrunden galt er als brillanter Denker, der es verstand, die philosophischen Grundlagen des modernen Wirtschaftssystems zu hinterfragen und seine Zuhörer mit pointierten, oft tiefgründigen Argumenten zu fesseln.

Doch nach einem schweren Unfall, der sowohl physische als auch psychische Auswirkungen auf ihn hatte, begann sich seine Wahrnehmung der Realität zu verändern. Dr.

Falk verlor partiell den Bezug zur Außenwelt und zog sich in eine von ihm selbst geschaffene Fantasiewelt zurück, in der er sich als Chef eines mächtigen, internationalen Unternehmens sieht – der fiktiven „ManiCore Group". In dieser Welt führt er Bewerbungsgespräche und trifft Entscheidungen, die in seiner Vorstellung von großer Bedeutung sind.

Was Dr. Falk so außergewöhnlich macht, ist die Tatsache, dass seine intellektuellen Fähigkeiten und sein Charisma noch immer intakt sind. Seine Fragen und Kommentare wirken zu Beginn der Gespräche rational, doch im Verlauf der Konversationen werden seine Analysen immer skurriler und absurder. Er interpretiert die Aussagen der Bewerber auf seine eigene, oft abwegige Weise und entwickelt dabei kreative Gedankenkonstrukte, die zwischen genial und surreal schwanken. Seine Vorliebe für außergewöhnliche Persönlichkeiten zeigt sich in seiner Faszination für die exzentrischen Eigenschaften der Bewerber, die er auf eine Weise interpretiert, die seine einstige Brillanz und zugleich den Verlust seines Realitätssinns offenbart.

Obwohl Dr. Falk seine Verbindung zur realen Welt verloren hat, ist er nicht gefährlich oder fremdgefährdend. Im Gegenteil, er wird von seinen Mitmenschen als liebevoller, freundlicher und geschätzter Mensch wahrgenommen. Die Pfleger, die ihn betreuen, behandeln ihn mit Respekt und Sanftmut, denn sie wissen, dass er einst eine herausragende Persönlichkeit war. Seine Mitmenschen in der Klinik sehen in ihm mehr als nur einen Patienten – sie sehen einen brillanten Geist, der durch ein tragisches Ereignis aus der Bahn geworfen wurde.

Im Laufe der Geschichte wird Dr. Falk langsam bewusst, dass etwas nicht stimmt, dass seine Welt vielleicht nicht so real ist, wie er sie wahrnimmt. Doch er kämpft gegen diese Erkenntnis an, weil seine Fantasie ihm ein Gefühl von Kontrolle und Bedeutung gibt, das ihm in der Realität verloren gegangen ist. Am Ende wird er sanft von den Pflegern in die Realität zurückgeholt, aber seine eigensinnige und brillante Natur bleibt ungebrochen. Dr. Falk ist eine tragikomische Figur, die an den Rändern von Genie und Wahnsinn balanciert – ein Mann, der einst die Höhen des intellektuellen Lebens erklommen hat, nun aber in einer Welt lebt, die nur in seinem Geist existiert.

# 2. Alaric Spellwright

**Rolle:**

Magischer Ingenieur der ManiCore Group (in der Zauberwelt)

**Beschreibung:**

Alaric Spellwright ist in der Zauberwelt eine der brillantesten und zugleich mysteriösesten Figuren. Als „magischer Ingenieur" der ManiCore Group ist Alaric verantwortlich für die Entwicklung fortschrittlicher, magischer Technologien, die die Grenze zwischen der Zauberwelt und der Realität verwischen. Sein Name allein trägt eine geheimnisvolle Schwere in sich – „Spellwright" deutet auf seine Fähigkeit hin, Magie in der Form von komplexen mechanischen und technischen Konstruktionen zu weben, was ihn zu einem unverzichtbaren Mitglied des Teams macht.

Alaric ist eine Mischung aus Wissenschaftler und Zauberer, ein Genie, das den Bogen zwischen futuristischer Technik und uralter Magie schlägt. Seine Kreationen, wie der Dimensionenspringer, sind Produkte seines tiefen Verständnisses für die Gesetze der Zeit, des Raums und der Magie. Seine technischen Erklärungen sind oft so hochkomplex und märchenhaft, dass selbst Dr. Falk, trotz seines brillanten Verstandes, manchmal nur noch zustimmend nicken kann, ohne alles wirklich zu begreifen.

Alaric trägt immer eine Aura des Geheimnisvollen um sich. Mit seiner silbernen, in der Fantasie strahlenden Robe und einem Gürtel voller Kristallwerkzeuge erinnert er an einen Magier, der sich zwischen den Dimensionen bewegt. Die „Traumsande" und „Lunarkristalle", die er verwendet, sind keine bloßen Metaphern, sondern real in der Welt von Dr. Falk – mächtige Materialien, die magische Energie in die komplexen Maschinen der ManiCore Group einspeisen.

Was Alaric besonders macht, ist seine unerschütterliche Loyalität zu Dr. Falks Vision. Obwohl er in seiner Arbeit frei und eigenständig agiert, achtet er stets auf Dr. Falks Wünsche und Erwartungen. Er weiß um die Tragweite des ManiCore-Projekts, wie es in der Fantasie von Dr. Falks wahrer Bestimmung einen zentralen Platz einnimmt. Doch zugleich ist Alaric auch ein Mann der Herausforderungen – Probleme wie unstabile Dimensionssprünge oder fehlende Kristalle meistert er mit einer Mischung aus Fantasie und Wissenschaft, immer bereit, die Grenzen der Realität zu überschreiten, um die Vision von ManiCore wahr werden zu lassen.

Für Dr. Falk ist Alaric mehr als nur ein Mitarbeiter – er ist ein magischer Architekt, der das Fundament für die Zukunft legt. Und in einer Welt, in der Realität und Fantasie verschwimmen, ist Alaric Spellwright derjenige, der die Brücke zwischen beiden Welten aufrechterhält.

## 3. Frau Ganter

**Rolle:**

Bewerberin für die Stelle der Chefsekretärin

**Beschreibung:**

Frau Ganter ist eine nervöse, aber hochmotivierte Frau, die eine ungewöhnliche Kombination aus Professionalität und Skurrilität verkörpert. In ihrem äußeren Erscheinungsbild vermischt sie Elemente eines klassischen Business-Outfits mit sportlichen Akzenten, was ihren energischen und gleichzeitig exzentrischen Charakter unterstreicht. Während des Gesprächs reagiert sie zunächst noch rational auf Dr. Falks Fragen, doch als diese immer absurder werden, antwortet sie kreativ und scheinbar unbeeindruckt. Am Höhepunkt des Gesprächs lässt sie sich sogar dazu hinreißen, ein Lied zu singen – eine absurde, aber gleichzeitig bezeichnende Wendung, die zeigt, wie sie sich ohne Weiteres auf die skurrilen Spielregeln von Dr. Falks Welt einlässt.

## 4.  Herr Meier

**Rolle:**

Bewerber für die Stelle des Buchhalters

**Beschreibung:**

Herr Meier ist das Paradebeispiel eines formellen und überaus steifen Buchhalters. Auf den ersten Blick wirkt er verschlossen und extrem fokussiert auf Datenschutz und Formalitäten. Meier spricht in kurzen, präzisen Sätzen und versucht, sich hinter bürokratischen Begriffen und Regeln zu verstecken. Doch im Laufe des Gesprächs offenbart er nach und nach eine Reihe skurriler Eigenheiten, die seine exzentrische Seite preisgeben. So lebt er nach einer streng geordneten Routine, die bizarre Züge annimmt – etwa das Katalogisieren von Briefmarken in alphabetischer Reihenfolge oder das strikte Einhalten von Datenschutzregeln bis ins Absurde. Trotz seiner distanzierten Art besitzt Meier eine fast unsichtbare Schrulligkeit, die durch seine steife Fassade hindurchschimmert.

# 5.  Herr Weber

**Rolle:**

Bewerber für die Stelle des Pförtners

**Beschreibung:**

Herr Weber ist ein wortkarger, ernster Mann, der seine Aktentasche fest an die Brust gepresst hält, als sei sie ein Schatz, den es zu bewahren gilt. Weber ist in seiner Ausdrucksweise extrem minimalistisch – er antwortet stets knapp und vermeidet es, mehr von sich preiszugeben, als unbedingt notwendig. Diese kühle, fast roboterhafte Distanzierung macht ihn zu einer faszinierenden Figur, denn hinter dieser reservierten Fassade scheint ein Mann zu stecken, der seine Welt streng nach eigenen, unerschütterlichen Regeln ordnet. Seine Zurückhaltung verleiht ihm eine fast groteske Aura, die ihn als idealen Kandidaten für den diskreten und pflichtbewussten Posten des Pförtners erscheinen lässt. Weber ist nicht derjenige, der sich durch Worte, sondern durch Taten definiert.

# 6.  Frau Blume

## Rolle:

Bewerberin für die Stelle der Senior Marketing Managerin

## Beschreibung:

Frau Blume ist eine Frau, die in völliger Harmonie mit ihrer eigenen Kreativität lebt. Ihre Bewegungen und Antworten sind theatralisch, als würde sie in jedem Moment an einem unsichtbaren Ballett teilnehmen. Sie spricht leise und mystisch, als ob sie mit dem Raum selbst kommunizieren würde, und ihre Vorliebe für das Tanzen zieht sich durch das gesamte Gespräch – bis hin zur absurden Szene, in der sie ihren Namen tanzt, um Dr. Falk zu beeindrucken. Blume schleicht regelrecht an den Wänden entlang, um „die Aura des Raumes nicht zu stören", und zeigt mit jedem Satz, dass sie in ihrer eigenen, verträumten Welt lebt. Ihre kreative Herangehensweise an Marketing ist ebenso ungewöhnlich wie ihre Persönlichkeit, und ihre Antworten lassen oft mehr Fragen offen, als sie klären.

## 7.    Herr Vogel

**Rolle:**

Bewerber für die Stelle des Chief Legal Officer (CLO)

**Beschreibung:**

Herr Vogel ist ein Mann, der äußerlich durch seine akkurate Erscheinung und sein streng gekämmtes Haar auffällt, doch seine exzentrischen Eigenheiten offenbaren sich schnell. Er betritt den Raum auf allen Vieren, was er als Zeichen seiner Demut und Hingabe an die juristischen Feinheiten des Lebens bezeichnet. Zudem trägt er ein Kopftuch, das er als Symbol für Gleichberechtigung und Diversität präsentiert – und das er ausgiebig in eine persönliche Philosophie über das Gleichgewicht von Tradition und Fortschritt verpackt. Im Gespräch mit Dr. Falk wird schnell klar, dass Herr Vogel nicht nur die Rechtswissenschaften mit ungewöhnlicher Hingabe verfolgt, sondern auch ein stolzes Mitglied und Vorsitzender eines „Flugsaurier-Vereins" ist. Er nutzt das Bild des Pterodactylus, um seine juristische Denkweise zu erklären, und bringt eine absurde, aber faszinierende Mischung aus ernster Überzeugung und grotesker Exzentrik in das Gespräch ein.

## 8.  Frau Rauscher

**Rolle:**

Bewerberin für die Stelle des Business Analyst

**Beschreibung:**

Frau Rauscher betritt den Raum in Joggingkleidung, während sie unaufhörlich auf der Stelle joggt. Ihre Philosophie ist klar: Bewegung hält den Geist wach, und ihre Analysefähigkeiten sind am stärksten, wenn sie in Bewegung bleibt. Diese skurrile Idee treibt sie so weit, dass sie selbst während des gesamten Gesprächs weiterjoggt und ihre ungewöhnliche Arbeitsweise verteidigt. Sie ist bunt, energisch und überzeugt davon, dass ihre dynamische Art der Schlüssel zum Erfolg ist. Mit wachsender Absurdität bringt sie schließlich den Vorschlag ein, in der Firma Laufbänder zur Energiegewinnung einzuführen. Ihre Persönlichkeit strahlt eine fröhliche Verrücktheit aus, die gleichzeitig charmant und befremdlich wirkt – ein Spagat zwischen professioneller Expertise und völliger Exzentrik.

# 9. Frau Schmidt

**Rolle:**

Sekretärin von Dr. Falk in der ManiCore Group (in der Zauberwelt)

**Beschreibung:**

Frau Schmidt ist die loyale und äußerst fähige Sekretärin von Dr. Falk, die in der Zauberwelt eine wichtige Rolle spielt. Sie ist die zentrale Koordinatorin des Büroalltags und die rechte Hand des „Chefs". Frau Schmidt verwaltet mit Perfektion und Ruhe sämtliche geschäftlichen Angelegenheiten der ManiCore Group und sorgt dafür, dass Dr. Falk jederzeit den Überblick behält.

Sie ist eine unscheinbare, aber unverzichtbare Kraft im Hintergrund, die alles im Griff hat – sei es die Verwaltung der magischen Analyse-Tools, die Beschaffung von Zauberstäben zur Konzentrationssteigerung oder die Koordination von Terminen mit magischen Lieferanten. Frau Schmidt weiß, wie sie mit Dr. Falk umgehen muss: mit einer sanften Stimme und einer nüchternen Art, die ihn immer wieder erdet. Sie lässt sich von den merkwürdigen Anforderungen ihrer Arbeit nicht beirren und behandelt jede Anweisung – so absurd sie auch sein mag – mit stoischer Professionalität.

In der Zauberwelt von ManiCore ist Frau Schmidt ebenfalls tief in magische Angelegenheiten verwickelt. Sie ist diejenige, die die technologische Seite der Magie koordiniert – von der Überwachung der Zeitverzerrungen bis zur Sicherstellung, dass keine Fehlfunktion in den Dimensionen auftritt. Sie weiß, wie wichtig es ist, dass die Zeit während Dr. Falks Kommunikation mit der Zauberwelt eingefroren bleibt, und ist ständig in Kontakt mit den magischen Ingenieuren wie Alaric Spellwright.

Für Dr. Falk ist Frau Schmidt ein verlässlicher Fels in der Brandung, der ihm die Sicherheit gibt, dass alles seinen geordneten Ablauf nimmt, auch wenn die Realität um ihn herum schwindet. Sie sorgt dafür, dass selbst die seltsamsten technischen Herausforderungen, wie die Tonaufnahmen oder die Bereitstellung von magischen Impfungen, erledigt werden.

Ihr ruhiges Auftreten und ihre Kompetenz machen sie zu einer Schlüsselfigur, sowohl in der Welt der ManiCore Group als auch in der Klinik, in der Dr. Falk lebt.

**10. Pfleger 1 und Pfleger 2**

**Rolle:**

Pfleger in der Psychiatrie

**Beschreibung:**

Die Pfleger treten am Ende der Geschichte auf, um Dr. Falk zurück in die Realität zu holen. Sie kommen ruhig und sanft in den Raum, sprechen ihn mit freundlicher Stimme an und begleiten ihn unaufdringlich zurück in seine Zelle. Ihre Geduld und Sanftmut stehen im starken Kontrast zu den exzentrischen und skurrilen Szenen, die sich zuvor abgespielt haben. Sie sind vertraut mit Falks Rollenspiel und scheinen seine Fantasien als Teil seines Alltags zu betrachten. Die Pfleger bringen eine beruhigende Normalität in das absurde Setting und machen deutlich, dass Falks Bewerbungsgespräche nur in seiner eigenen Fantasie existieren.

In *„ManiCore – Folge 03: Das Onboarding"* steht der nächste große Schritt für die neuen Mitglieder der ManiCore Group an: die Einführung in ihre neuen Aufgaben.

Was zunächst wie eine normale Einweisung in den neuen Job beginnt, entwickelt sich rasch zu einem schwindelerregenden Abenteuer in eine atemberaubende Märchenwelt. Dr. Falk führt sein Team durch ein Portal und plötzlich stehen sie in einer Dimension, die jedes Märchenbuch vor Neid erblassen lässt. Doch diese zauberhafte Welt birgt dunkle Geheimnisse, und es dauert nicht lange, bis die Neuankömmlinge spüren, dass hier nichts so harmlos ist, wie es scheint.

Während des Onboardings wird klar, dass hinter all den Abenteuern mehr steckt. Dr. Falk deutet an, dass die *ManiCore Group* nicht nur in der realen Welt, sondern auch in den magischen Dimensionen einer großen Bedrohung gegenübersteht. Er warnt die Gruppe, dass ihre Aufgaben von enormer Bedeutung sind und das Gleichgewicht zwischen Realität und Fantasie bewahren sollen. Die Atmosphäre knistert vor Spannung, als die Mitglieder langsam erkennen, dass sie sich auf eine Mission begeben, die sie nicht nur zusammenschweißen, sondern auch an ihre Grenzen bringen wird.

Die Teammitglieder machen ihre ersten Schritte in dieser fremden Welt und erfahren, dass Magie nicht nur faszinierend, sondern auch gefährlich sein kann.

*„ManiCore – Folge 03: Das Onboarding"* entführt den Leser in eine Welt voller Magie, skurrilem Humor und märchenhafter Abenteuer. Die surrealen Erlebnisse und absurden Einführungsprozesse zeigen, dass Magie und moderne Büroprozesse mehr gemeinsam haben, als man zunächst denkt. Die Teammitglieder stehen am Beginn einer Reise, die nicht nur ihr Leben, sondern auch die Balance der Welten für immer verändern könnte.